楊牧全集26

楊牧全集

別卷Ⅳ
書信（一）

26

洪範書店

目次

輯三

295 家書 十九封

輯一

痖弦（一九六〇—一九九六）

一九六〇・八・廿一　台中→左營

瘂弦，

前天回到學校，好清靜的一個地方，風大，草木又綠又高，這是我最喜歡的一種情境。

上次給你信，以為已經把〈天狼星〉附去了，誰知卻沒有，原來是因為疏忽給忘在信封外了。這一次過台北，給光中兄扣下，實在太抱歉了。這兩天我正構思一首新詩，不知道什麼時候可以寫成，下一期《創世紀》就讓新傢伙們登台吧。

這裏的風景可以使人澹泊，尤其是現在，學校裏人少（只有通常的二十分之一），一切寂靜，我們享盡了朝陽和夕照。

《六十年代詩選》快出了吧，眞盼望。

葉珊　八・二十一

《水之湄》高雄賣得如何？

宣傳不夠，相當慘的！

痖弦，

前天回到学校，好清静的一个地方，风大，草木又绿又高，这是我最喜欢的一种情境。

上次给你信，以为已经把"天才梦"附去了，谁知却没有，原来是因为疏忽给忘在信封外了。这一次连它，给光中兄扣下，实在太抱歉了。这两天我正构思一首新诗，不知道什么时候可以写成，下一期创世纪就让我给你们登吧。

这里的风景可以使人澹泊，尤其是现在，学校里人少（只有通常的20分之1），一切寂静，我们享尽了幽静和安适。

"十年代诗选"快出了吧，真盼望。

"水之湄"当能被英译得如何的？宣传才好，相当惦念！

叶珊

8，21

一九六三・十・廿八　金門→復興岡

瘂弦：

今天我猛悟到一件小事：世界上沒有一本純粹的「詩刊」是不遭受經濟困厄的。以美國芝加哥《詩刊》的歷史和聲望，尚且無法收支相抵，尚且要用拍賣海明威的書信來維持，《創世紀》怎麼能不時停時出？這種問題是很明顯的，我們有的只是熱情——出詩刊，爲藝術奮鬥的熱情——卻沒有經濟基礎來支持自己的「產業」，那就有點盲人瞎馬之勢了。

我的意思很簡單，爲什麼不可以改變《創世紀》的性質？爲什麼一定要出版「詩雜誌」，而不出『文學藝術雜誌」？出詩刊表示吾人的忠誠於詩藝術，這是不錯的，可是用讀者的數量來衡量的話，詩刊（對詩神的貢獻）並不比一本文學雜誌（對詩神的貢獻）大！你想到沒有，譬如一本詩刊一期銷五百本，它的讀者大概在七、八百人之譜，而一本雜誌（如《文壇》好了）銷兩千，它的讀者總在三千左右，相去甚遠。爲什麼我們不用出雜誌的方式爲偉大的純正藝術服務？我們可以出一本（譬如說）《創世紀文學》，裡頭包括詩（仍然是一流的，佔重要地位的詩），散文，小說，木刻，批評，隨筆，論文等各類文字。這樣一期出個一五〇頁，詩可以佔四十頁，仍然是目前《創世紀詩刊》的篇幅，而以小說等作品吸引讀者，讓讀者因買小說而買詩，收到潛移默化的效果。——這有點像天主教在教堂裡發救濟麵粉，有一個神父對我解釋道：「我們的目的是讓教友有一天即使沒有麵粉也會自動到教堂來望彌撒。」

這個辦法我覺得是比較好的，至少它可以有下列幾個優點——

A.出大型的一五〇頁上下的文藝雜誌，第一期固然要籌許多款，但只要內容好（以司馬中原，朱西甯，段彩華他們的小說做號召），不難收支相抵，再出第二、三……期便不會太難，而且小說界朋友的稿費可以先欠一下，經濟情況一好，馬上還清。如果出得轟動，不難如《文壇》之類雜誌暢銷起來。

B.在這個雜誌裡仍然以足夠的顯著的篇幅登一流的好詩，重點在詩，但不講明是詩刊（如重點在上帝，不講明是上帝，使大家以爲是麵粉），一來可以吸引讀者，二來可以讓詩受到重視，人家不會以爲詩永遠是補白（如《文壇》），反而散文和小說是補白，那個好處是很大的。

C.這樣編來，張默的才能（技術）可以大大地發揮，而且可能賺錢，把發行部門做好，非常穩定。我們大家除了有些寫詩的朋友以外，也有許多寫小說，劇本，散文的朋友，約稿並不太難。

我這是突然想到的。本來大家可以這樣駁我：「我寧可不出版詩刊，也不願出雜誌！」這種衝動是不該有的。因爲如果要榮耀詩，便該走這條路，盼你三思，想想看，你問問老張，阿蔡*，聽局外人意見如何。

舉個例子說：子豪的〈瓶之存在〉在《文壇》發表，讀過的人總有兩千，如果它在《創世紀》或《藍星》，可能只有八百人讀，因爲普通讀者總以爲詩刊比較專門，裡頭的作品一定也「專門」，不愛碰。假如我們出版的是一本什麼都有的雜誌，裡面登幾篇好詩，那個效果（經濟上言）便大得多了。

這期出覃子豪紀念專號，我百分之百的贊成，假如你贊成我的擬議，不妨說做就做，如果時間來不及，你可以和洛夫，張默，羅馬等人商議一下，籌劃一下，找人投資，用股份的方式投資，我拼了命也會支持的——這樣做的話，支持的人會增加，除了寫詩的以外，也可以有寫小說，劇本，散文和「做學問」的人支持，譬如我的師父徐先生便可能支持一點。

這件事當然不是一朝一夕可以做得非常好的——這樣一來，便眞正成爲「事業」了。目前辦詩刊，熱一下，冷一下，沒有訂戶，沒有督促，沒有基金，是不符合「事業」本色的，希望你想一想，考慮考慮，我說的有沒有道理？盼來信。我設法寄點錢給張默，但十分困難。

葉珊　十月二十八日

P.S.昨天我在箱子裡找出了過去譯的幾封濟慈的信，好像還不壞的樣子，費了一個上午，抄好了兩封，有一封是論長詩的，另一封論牛津風物，現在寄給你看看，以後我譯了什麼東西的話都會先寄給你讀的，希望這樣可以使你高興一點。英文的重要性並不大，可是我仍希望你專心啃一個時期。紅皮書（文法）寄到了吧！我希望在你英文沒讀好以前常常譯點東西給你看，這對你對我都有好處。你看完了便幫我收集起來，當然也可以拿給老張老蔡*一起看，當你們宵夜**的時候。

這兩篇算是一個開始，你們看看別人怎麼樣說「長詩」的重要，你還是把〈香妃〉寫出來吧；如果你覺得這種稿子有發表的價值，便送去發表，《復興岡》也好，《青年生活》也好，什麼地方都好，如果因此能掙點稿費，全歸《創世紀》。如果你覺得沒價值，便收集起來，我要繼續譯濟慈的信，將來也許可以出本《濟慈書札選》。

——又及

* 張永祥，蔡伯武。

** 一九六三年暑期葉珊在復興岡，常與張永祥、瘂弦、蔡伯武等文友聚，稱「哲學宵夜」。

瘂弦：

今天我發覺到一件小事：世界上沒有一本純粹的詩刊是不要受經濟困惑的。心靈困惑加多了「詩刊」的命運和市場，而且要傳播文化相擬，而且要如何用稿費條件而賺的錢來維持，「創世紀」怎樣能不依賴捐助。這種情況是很明顯的，我們有的只是熱情，一些詩刊，是藝術和熱情，卻沒有經濟基礎來支持但它的存在，那就有賴有心人繼續支持了。

我的意思很簡單，為什麼不可以改變「創世紀」的性質，為什麼一定要出版「詩雜誌」，而不出「文學藝術雜誌」，由詩刊表示吾人的忠誠於詩藝術，這是不錯的，而是用該刊的發展來衡量的話，詩刊（對詩神的貢獻）並不比一本文學雜誌（對詩神的貢獻）大！」的查到沒有，那麼如一本詩刊一期銷五百本，它的流者大概是七、八百人之譜，而一本雜誌（如「文壇」的）銷兩千，它的讀者總是三千左右，相差甚遠。不管怎麼，我們不用去談論詩的前途和偉大的純藝術價值，我們可以出一本（創之如說）「創世紀文學」，綜合性的詩（現在已成為一個重要地位的詩）、散文、小說、木刻、批評、隨筆、論文等各類文字。這樣一期出150頁，詩可以佔40頁，仍然一是目前「創世紀」詩刊的篇幅，而以小說等作品吸引讀者，讀詩者因爲小說而買詩，收到潛移默化的效果。——比如吳象天主教在教堂裡擺滿麵粉，有一個神父對我解釋說道：「我們的目的是讓教友有一天即使沒有麵粉也會自動到教堂來望彌撒。」

這個辦法我覺得也比較好，到時它可以有下到幾個

你看！

A. 出大型的150頁上下的文藝雜誌，每一期因此多出若干字數，但只多出內容的（所謂書中書，東西寫、我們譯他們的，力量做得足），不難收支相抵；再出第二、三……期便不會太難，實在小說界的反的稿費可以先欠一下，總的情況一好，馬上還清。如果出得轟動，不難如文壇之類雜誌暢銷起來。

B. 在這個雜誌裡仍然以足夠的篇幅發表全篇幅的一流的好作品，重要是詩，但不講求是否押韻（如意象是上帝，不講究是上帝，使大家以為是藝術），一來可以吸引讀者，二來可以讓詩受到重視，人家不會以為詩只是補白（如文壇之）反而散文和小說只是補白，那好處是很大的。

C. 這樣編來，當然在技術上可以大大地選擇，而且可能賺錢，把握行銷部門做好，非常穩定。我們大家除了有些寫詩的朋友以外，也有寫小說、劇本、散文的朋友，給稿並不太難。

我覺得想到的，本來大家可以這樣做。我說：「我寧可不出版詩刊，也不敢出新花樣：這种運動是不該有的，因為如果文學搞詩，便該走這條路。所以你的意思，我也看，你們是老黨，所以聲張向外人意見如何？

此外例子說：「文學如何發展」也在文壇發表，讀過的人說大有所在，如果是「創世紀」發「意見」，可能只有八個人說，因為普通讀者總以為詩刊比較專門，裡面的作品一定也專門，不受歡迎，如我們出版的是一本什麼都有的雜誌，裡面登幾篇好詩，那即銷路（現今之言）便大得多了。

這期出了一年不見紀念號，我不知道有無機會見我，[illegible] 做如何機錢就的損失，不妨說做就做，如果時間來不及，你可以和你太太談，寫了答人商議一下，再劃一下，找人投資，用股份的方式投資，我猜令內也會支持的。這樣做的話，支持的人會增加，除了寫詩以外，也可以寫小說、劇本、散文和做學問的人支持，所以如我的稿文待先是便可解支持一点。

「這件事若想望一點，可以做得非常好的一「這樣」來，便真正的影響「華夏」了。目前新詩刊，熱一下，冷一下，沒有門戶，沒有智見，沒有甚麼錢，且不符合「華夏」本色的，希望你能一意孤行，我說的沒有適性的，所以來信。我說沒信家裏錢信落了說，但十分困難。

弟[illegible]如
十月二十七、八日

P.S. 昨天我在箱子裡找出了讀者的幾封信影印的信，好像還不壞的樣子，費了一個上午，[illegible]嫂好

了兩封，有一封是論老詩的，另一封論米羅風格的，
但也拿給你看看，以後我覺得那些東西的論調都[illegible]了
先拿給你讀的，希望這樣可以使你了解一點英
文的重要性並不大，只是我仍希望你可以明白一個觀點。
紅星書《文法》拿到了吧！我希望在你英文閱讀好
以後常常譯點東西給你看，這對你對我都有好處。
你看完了便幫我收集起來，當然也可以拿給老張老
覃一起看，當你們寫短文的時候。
這兩篇算是一個開始，你們看看別人怎樣說「老詩」的
重要，你們也把「香妃」寫出來吧！如果你覺得這
種稿子有發表的價值，便送去發表，「[illegible]」也好，
「青年戰士」也好，什麼地方都好，如果因此能換點稿
費，全歸「[illegible]」了。如果你覺得沒價值，便收集起來，
我要繼續譯論藝術的，將來也許可以出本「論藝術札記」。

——又[illegible]

一九六三・十二・廿四　金門→復興岡

阿蔡，瘂弦：

今天二十四日，早上起床撕日曆的時候，對著它說：merry x'mas，戰地的聖誕節，簡直不知道是什麼味道，尤其對我這個受基督教大學教育的天主教徒，更是「傷感啦」！

瘂弦的書還沒有寄到，一定是到高雄坐船去了。我一收到馬上譯好給你寄，很快，沒問題的——尤其譯文學史的英文，我是拿手的——譯阿蔡的爵士樂就比較苦一點了，因為有許多音樂上的專有名詞非查字典不可，查了字典也不知道應該挑哪一個譯，有時就只好自作主張了，希望不會出錯。沒想到阿蔡對我的譯文還能滿意，如果眞是滿意，我就好好譯下去，大概還有三分之二的樣子，很快就可以弄好。

我譯稿的時候，字是很不可能寫得很清楚的。這個要請你們的眼睛多多包涵；而且印刷廠一定看不懂，我的意思是請你們派一個妞兒抄一遍，不會太困難吧，如要我自己抄就比什麼還辛苦了。

我已經拿到愛渥華的獎學金了，一共是兩千一百元，外加美國在華基金會的來回飛機票，據說是 jet，簡直就是 4~~~，這個條件相當優厚，在學文學的人說來已經是破天荒的了，安格爾待我可謂不薄矣。他最近來信說：學校在九月十四日註冊，相當深秋時節，衣著應小心……你要住校舍或在外租房子？如要前者，應向校舍委員會申請，先須付五〇元定金，如果你要，我可以為你負擔這筆錢。你看看！簡直就是「同行」，鄭愁予說得好：

是誰傳下詩人這行業？
黃昏裡點起一盞燈……

愛渥華的校舍就是余光中吹上半邊天的「四方城」，我現在尚不能決定要不要住校舍，等少聰〈主婦〉的意見。如果她說我最好在外租房子，大家可以比鄰而居，我當然在外租房子，否則一個住男生宿舍一個住女生宿舍，諸多不便。

據說葉維廉，白先勇，王文興在該校都念得很好，中國人在外國讀書很少太丟臉的——明秋我如順利去了，一定不會辜負大家，看我接「棒」吧！

我最近寫了一首八十幾行的詩，題曰〈佳人期〉。那是發現了這裡一個村莊以後才寫的，那個村莊簡直就是宋朝的村莊，美極了，上次瘂弦來的時候沒看到，我遺憾極了。那是所謂

「三合十八幢」的大家族房子，有祠堂和私塾，甚至（以下缺頁）

（信封封底）

痖弦寄來的書《世界文學大綱》已收到，大致瀏覽一次，今天可以把它譯出來，明天可以寄去。如果痖弦太急着用，我建議參閱坊間黎烈文寫的《西洋文學史》絕對有味吉爾等人的材料。

——又及

一九六三・十二・廿七　金門→復興崗

痖弦：

這個大綱是十分無聊的，我無法想像李曼瑰教授要這些東西幹什麼，這個大綱沒有什麼參考價值，只是用在演講上的「提醒自己」而已。如果我在幹校，當面同你聊聊，把來龍去脈說說還比較有點意思，這樣譯出來沒頭沒腦的，簡直荒唐。

我本來以爲很容易的，越譯越煩，因爲太無聊的關係。這個東西譯出來，只供你參考之用，千萬別拿去發表了，免得貽笑大方，因爲人家會以爲我發了神經病或沒東西可譯才弄這種大綱。

書我過幾天再寄還給你。朱磊到台北否?畢業論文給你了沒有?我勸你到書店去找本黎烈文的《世界文學史》參閱一下，比這個大綱有用得多，或者查查別的書，坊間不會沒有荷馬及味吉爾的材料的。

葉珊。十二月廿七日。

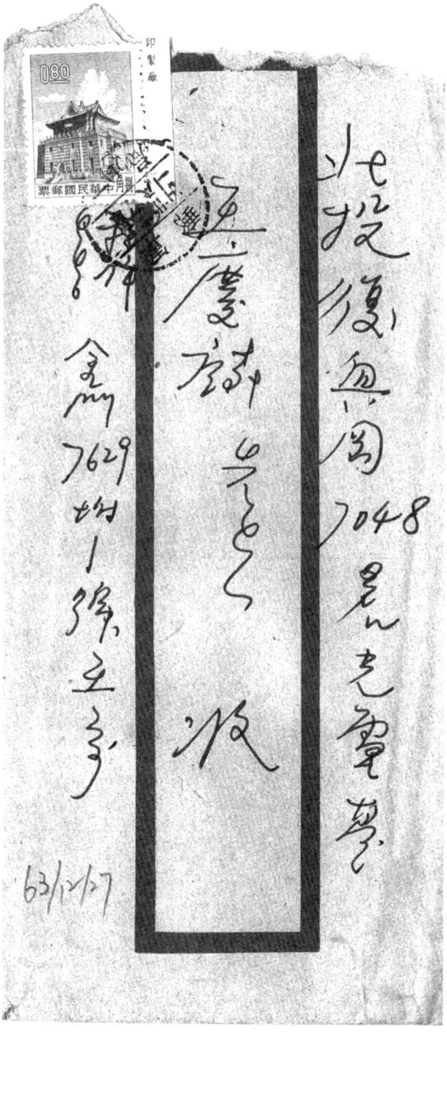

一九六四・一・十三　金門→復興岡

瘂弦
阿蔡：

關於那所「宋朝的村莊」，我閉了眼睛還能勾畫出來，真是令人心悸的美。那天我們特別去看祠堂，那三合十六幢的全姓王，所以祠堂還算乾淨可以。附近一個村子姓梁，那個「梁氏宗祠」可就慘不忍睹了。我們「伊呀」一聲推開黑漆剝落的大門時，真地驚起許多吃蕃薯皮的麻雀，吱吱喳喳往紅瓦上消逝去——正面一個大匾，書道：「狀元拜相」，許多擁擠不堪的牌位疊在正堂，我躡足上去端詳一番，發現當中主供的是一個「謚文正公」的狀元的位子，旁邊一道又一道站的全是他的子子孫孫，淒涼得很。好大的宗祠空空蕩蕩的，除了那些牌位外，就是一地風乾的地瓜皮，據說可以養豬也可以養人。我還看到一個小樓，有許多花彩，設想前清時候該有個書生在那兒準備大考；樓下牆根有一株很老的梧桐樹，另一邊是石榴，石榴黃中帶紅，還沒裂；我們不敢看太久，怕人家說我們是偷石榴的軍官。我一想到你們上次來金門沒去參觀那些房子，就對你和老張非常抱歉。

下午寫到這裡，頭痛眼花，擲筆步出室外，天陰霾，晚上可能下雨了。我偶然看到這期的《皇冠》，魏子雲評〇〇〇的《×××》使我很不愉快——文學史上有許多錯誤，往往就是沒有「格」（學格，人格）的作者所積非成是造成的；像《×××》這本詩集，其低級惡劣已經是詩壇所共睹的了，如今讓一個沒有水準而在普通讀者心目中有「信譽」的人來捧，短期內，至少大部份《皇冠》的讀者會以為那就是好詩；到那一天，那些可憐的讀者們怎麼樣讀：

無人能挽救他於下班之後
於妹妹的來信，於絲絨披肩，於 cold cream
於斜靠廊下搓臉的全部扭曲之中

這一類的詩？你不要以為這種事不足重視，事實上文學史往往就是這樣錯下去的，到有一天連曾子的母親都會相信她家兒子殺了人的。我對我們這個沒有是非的文壇眞痛心了！眞願有一天把學問做好，澄清一下，伙伴們，等着看我的：《中國新詩史》吧！我雖然成不了大詩人，我可要挺身出來為詩人們「定位」：上帝的歸上帝，凱撒的歸凱撒；塵歸塵，土歸土。

《青年》我收到了一本，如能再寄我一本更好。你寫張永祥的介紹我看到了，那個「可驚的存在」好久沒給我信了，到哪裡去了？你文中說：「……國內的一些現代小說（如白先勇的〈寂寞的十七歲〉）……」白先勇確實是不錯的，將門出這麼一個書生，也太不簡單了。

謝謝你爲我送高粱去陳家。少聰父親曾來一封信謝我。

阿蔡的爵士樂過些日子我將趕工把它譯完，目前忙於讀濟慈和南北朝詩，心緒殊不寧，一直未碰它，眞太抱歉。日前又有新作二首，一曰〈停雲〉，一曰〈冬酒〉，甚短；余光中說寫短詩如手淫，「過過癮而已！」沒什麼大道理。

每日等《創世紀》。

葉珊　元月十三日晚上

一九六四・二・十四　金門→復興岡

瘂弦：

第十九期的《創世紀》上的詩以洛夫爲最好。大家應該高聲爲他的〈雪崩〉喝采！這一首詩比〈石室的死亡〉深刻而動人，比〈我的獸〉更好得多；洛夫的潛力驚人，他才眞是一個「可驚的存在」呢！，他比葉維廉好很多，葉維廉失之晦澀，連我們都覺得他晦澀，還有什麼話說呢？我認爲他「起步」太大，一跨數百里，令讀者永遠望「塵」莫及，如墮五里霧中，並不太可取。

你不必自卑，小子你那三首還是相當好。大體說來，只是方向變了，自己都不容易適應，明後天你就會重燃信心。我覺得〈紀念 T. H.〉和〈另一種理由〉都是一流的詩，〈所以一到了晚上〉較差。你不要以爲自己「才盡」，像這種詩寫個三五十首，瘂弦仍然是瘂弦，仍然是一流的瘂弦。〇〇〇不好，這個人永遠是維持着他「不好」的水準，使我難過，我尤其不喜歡他說你「作高速度的降落」是「迷人的深度」，「眞是太過癮了」云云。這不是過不過癮的問題啊！而且「作高速度的降落」這兩句也沒有什麼「迷人的深度」存在，那不是深度，那是「速度」和「廣度」；他寫評論常常落入「過癮」的臼窠，令人愛莫能助，這種「讚嘆式的評論」是永遠行不通的，無力的！如果你不信我的話，你問問葉維廉好了！總之，評論的目的是一種發現，一種解說（可憐的評論家，是契可夫所說的蒼蠅，蒼蠅營營處，「解說」一個事實而已：必有死肉焉！）評論家的成就到最頂峰時有二：⑴做 footnotes，被大量引用，如媛珊食譜；艾略特做到了！⑵做橋樑，讓讀者通過他的口沫去認識一個作家，Untermeyer 做到了！而〇〇〇兩者都沒做到，他只是「讚嘆」而已，這是不行的。

我才眞是沒有勇氣再讀自己那四首詩了。我心裡相當難過。已經沒寫好了，又爲了兩個錯字，錯得那麼恰當，把「金釵」錯成「金錢」，把「酒已經暖好了」錯成「已經好了」；唉，我大概該停筆了，看你們鷹揚詩壇吧。有一天我對《正氣中華報》的謝白雲君說：「對我們這種人說來，詩再寫不好，就完了，什麼也完了！」

○○○的東西簡直「不成東西」，惡劣不堪！我以「編委」一份子的地位反對再發表他的詩或詩論了。他寫詩不像詩，詩論不像詩論，不知道張默爲什麼肯花那麼大的篇幅披露那些東西，太奇怪了。○○○這種詩人是拾人牙慧的，一、兩年內就會結束的，不必讀他。

創世紀詩獎名單我沒看到，我不知道張默擬了哪幾個，但我不贊成給○○○或○○○，前者久不寫詩，不可以拿；後者不是「高峰」，只是一片草原而已。我目前心目中只有三個詩人（這是看這期《創世紀》以前說的），是方思，瘂弦和愁予——現在很可能再加上洛夫。我在散文裡只挑出方思，愁予和你三個來做文章，其他的我都放過。假如創世紀詩獎要頒，編委不編委都無所謂，就頒給你或愁予吧！這是我的意見。

《青年雜誌》我早收到了。第一期千萬爲我再找一本。《現代文學》是不是已經幫我寄來了呢？我想看看王文興的小說。

我的散文已寫了五萬字，還要整下去。那些東西不可能在《民主評論》發表：⑴我不想麻煩徐先生⑵我三分之二的文章是抒情的（甚至抒愛情），少部份論詩，不合《民》的性質。⑶

我引用了許多英文詩，恐怕不好排。爲了最後一個原因，我很不想發表，因爲怕印錯，太殺風景。我又打算用「金南書札」做書名，你以爲如何，金南者，金門之南也，我現在就是住在「金南」文康中心裡。你提到《淺水灣》，我倒很感興趣，不過我不知道劉以鬯喜不喜歡我的東西。對了，我上次交給你的〈懷念大度山〉請你寄還給我好嗎？裡頭有些東西，我目前需要。

阿蔡太可憐了，希望他不要太消沉。昨天和一個朋友談許常惠，大家都同意中國音樂應該振作一下。我覺得阿蔡雖無法成就一個德步西，弄點藝術性的小品總不成問題，爲什麼一天到晚只寫軍歌呢。

今天是除夕，中午回連上過年，吃得我暈頭轉向，糊里糊塗。少聰上封信說：「快過年了，我要提醒你，不准多喝酒，知道嗎？要喝也只能喝一點點，一滴滴，不准超過一杯……」我和許多老兵拼酒，那是一種情緒，到了那種時候，別說忘了少聰，連自己的名字，自己的身體健康也都忘了。不過，我已經覺察到此事不太可嘉，也打算「戒酒」了。

我曾寫信問你借《瘂弦詩抄》，你寄了沒有？司馬，朱，段三人的小說迄未收到。我畢業論文的封面這樣排好了←　〈以下缺頁〉

仔細地看過，使我不得不拆開封好的這封信，再寫幾個字。辛鬱及楚戈的文章使我深為感動，西蒙給雲鶴的信尤其幾乎使我流淚。覃子豪過去了，未死者該如何證實他們的懷念呢？該不只是寫幾篇文章就完了的吧！

張默說下期要出「詩人瘂弦特輯」，我並不反對，這樣做並非沒有意義。我告訴過你，我曾寫了關於你，方思及鄭愁予三人的文章，我想下期把它們放到《創世紀》上面一期發表了。

現在已經是晚上了，所謂「除夕夜」。我不知道你們怎麼過的，我心裡恍恍惚惚的，為過去所從未有的現象。我來金門已經四個多月，應該很看得開的。我想家。

葉珊　十二日再及

（信封封底）

二月十四日葉珊附及——

我發現《創世紀》上把「紀念覃子豪專輯」譯成為 The Special Edition In Commemorative of poet Ching Tzu-hao 是相當不高明的，不知道是那一位的手筆。所謂 Commemorative 含

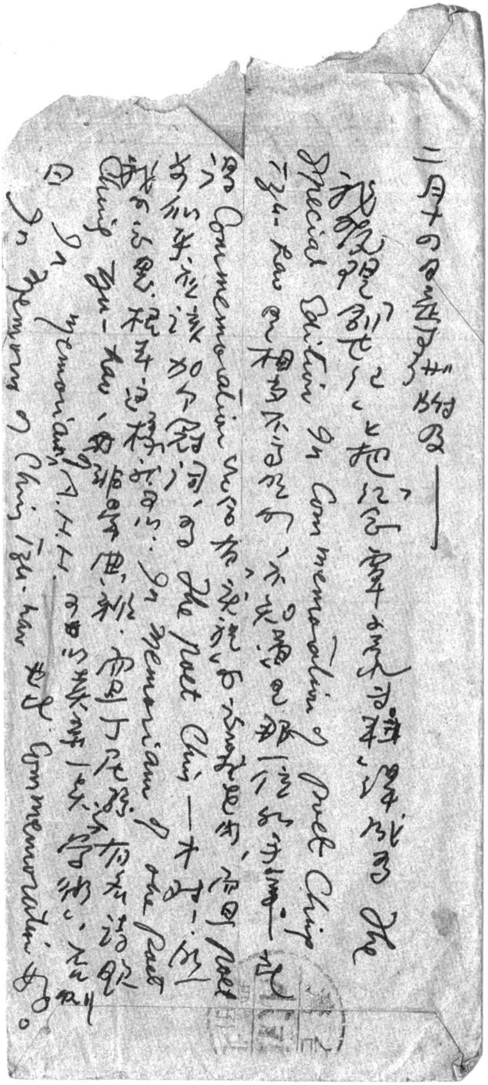

有「慶祝」的意義在內，而且 poet 前似乎應該加個冠詞，爲 The poet Ching —— 才對！照我的意思，根本這樣就可以：In Memoriam of the Poet Ching Tzu-hao，非常典雅，而且丁尼遜有名詩題曰 In Memoriam of A. H. H. 可以賣弄一點「學術」，否則 In Memory of Ching Tzu-hao 也比 Commemorative 好。

一九六四・三・十一　金門→復興崗

瘂弦：

接你三月七日的信，知道你尚未收到《詩抄》，《納許》及《現代文學》，相當詫異，照推算，早該到了，希望不致爲洪喬所誤，急煞人也。

紀念莎翁的專刊下月才出版，希望會編得很好。本來我該好好寫一篇文章才對，可是身在戰地，手頭最缺的就是參考書，想起來頗爲難受。不過我一定想想辦法寄一篇稿子給你，我對老莎的崇拜教我無法忍受不寫幾個字。也許譯幾首十四行也可以，我希望月底以前可以寄給你。

《青年雜誌》要的散文，我月中可以再寄一篇去；學生迷我的散文，不迷我的詩，想來令人氣短！

《文星》上高準罵季紅，愁予的文章我今天讀到，我妹妹爲我寄來一冊；高準的出發點沒有錯，他所指摘的平心說來也是事實，可是他「趾高氣揚」，有「我倒要看看你怎麼樣一個挨打法」的味道，這就過份了！季紅兄譯詩是草率了一點，屬於「意譯」，但嚴格地說，詩有時是不必要這樣譯的。我記得徐志摩曾把濟慈的〈夜鶯曲〉意譯成散文，深獲子豪先生的讚揚，徐志摩乃是一個「讀書不求甚解」的詩人，寫詩、寫散文可以，譯詩往往不夠高明。季紅兄的英文顯然不錯，但他太不尊重「形式」（這許是現代許多寫詩的朋友的共同趨向；不幸那〈羅聲〉的原作正好是「格律嚴整」的東西，才會被高準這個文藝青年所乘。我詳細看過一遍以後，獲得兩個感覺：

a.季紅沒有必要回他，因爲那是個人譯詩態度的歧異，季紅雖然忽略了形式，卻不曾弄錯了意思。徐志摩可以那樣做，爲什麼季紅一定不可以。——當然，在我看來，季紅完全忽略了形式是理虧的。

b.鄭愁予的詩挨挨罵無所謂，他是罵不倒的大詩人。我也感覺到這期《創世紀》惹了不少人的不滿，一方面是理論（李英豪）的偏激，一方面是創作品（林亨泰，大荒，畢加）的光怪；這使我深深感到張默兄的編輯態度是否太偏了一點。他信仰現代主義，欣賞現代作品可以，但《創世紀》不是張默一個人的《創世紀》（抱歉，我不該說這種話，我也太激動了一點；也許我根本沒資格這樣說），他應當考慮到其他掛名編輯委員的人的文學態度。我這期那四首詩被擠成那付可憐相，錯字累累，使我發現，原來張默兄根本不重視它們——它們確實不是我的好詩，但張默之不重視它們倒不在乎其爲好惡，而是因爲我那種東西實在沒有半點「現代」氣息。

我寫詩是當然要寫的，而且絞了生命要寫好詩，而且也寫過幾首好詩。我理想中的《創世紀》是純粹的詩刊，沒有火藥味的純美的詩刊，像兩年前出外國詩人特輯時期的詩刊，大家拿出對得起良心的作品來發表的詩刊；而不是激烈的，或什麼「前衛」的——這就是爲什麼幾年來我從來沒說過喜歡《×××》的原因；那個雜誌使人覺得至多「聊備一格」而已，其低級一若《文壇》（只是低級的方向不同）；我不希望張默受那個雜誌的影響，因爲那樣下去永遠成不了「權威」——權威雜誌是要能兼容並包的，要大方，有涵養，要沒有成見！

這些你當然都懂，我實在太多話了。我一直愛《創世紀》，我希望它能回復數年前的舊觀，做個好刊物。我認爲要用大篇幅登老朋友的壞詩，不如多提攜後進把頁數抽出來讓青年詩人活躍。否則圈子越來越小，太令人憂慮了。

瘂弦，我今天話太多了，希望我以後不會這樣。我很懷念八、九月的復興岡，假如我們現在也在一起，我可以當面把心事說給你聽啊！你讀到〈我的航行〉嗎？二月號《文星》；我寫「岡上的朋友」那是你們三人。

趕快叫老蔡寫封信給我。老張近況如何？我在《青年》上看到光虹的文章，很厭惡，我太不現代了！

問候橋橋，橋橋眞是好孩子——

葉珊　三月十一日

齊之：

接你三月廿日來信，知道你已收到「讀者」、「細節」及「現代文學」，相當諒慰，你選擇的算是讀到了，希望不致影響你創作，真難為人也。

紀念林海音女士的專刊已出版，希望你能得到紀念她。本來我該寫一篇文章來紀念，可是我自己能力，手邊又缺資料，就只有求助於杏林子來紀念和悼念她。不過我一定要找時間寫一篇給你，我對林海音的友誼和我這份愛不會忘記。也將謝謝你看了十四行世界，我希望明年以後再寫些給你。

「青年新詩」要我寫一篇東西，以字老沫沫我的散文不甚能懂，想來令人氣短之！

又白先生是主張寫季紅、梁實秋那樣的文章，我今天談到，我妹

也說我寫書一冊，寫深了的是發表沒有錯，他卻指摘我不平心，說

甚也是事實，可是他那些意見指摘，有那我倒要看看你怎麼

樣子換的法的標準，說我的結論得了！季紅兄譯詩也算常事

一遍，屏氣讀譯，但最後地說，譯詩始終是不必要的精譯的。

我記得兩條書寄給他，屢次都寄回，但他能散文，深入淺出

子豪兄是不滿，總覺得這事，但是一再說明不在要你的

詩人，寫詩、寫散文可以，譯詩須是不懂為好。季紅兄的

英文雖然不錯，但他太不尊重形式，詩人設法是現代詩，寫詩

的翻譯的書，同時有的，不是那得過獎的文學作品就是好的，像諾貝爾獎

我以為好的東西，才會翻譯成中文，給青年讀者。我讀過瘂弦的

一篇以後，我得到兩個感覺：

a、瘂弦沒有受到 因他，因為那是個人之詩觀念的好處，

瘂弦雖然突破了形式，卻不曾丟掉了意象。保持了

以那樣的精神，為什麼瘂弦一直寫作。——當然，在我看來，瘂

弦完全忽略了形式是很重要的。

b、鄭愁予的詩接近唱歌的境界，他是唱不倒的大詩人。

我也感覺到當初「創世紀」惹了不少人的不滿，一方面受到

超現實主義的影響，一方面是創作品（林亨泰、大荒、羅

加以介意，說說我們能到達這就是他的偏狹態度是否太偏了些。他提倡現代主義，所以覺得現代派可以，但「創世紀」不。是這樣一個人的創世紀（抱歉，我不該這樣說，我也太激動了些）；也許我根本沒資格這樣說，他應當考慮到其他掛名編輯委員的人的文學態度。我說對那兩首詩被擠成那付可憐相，請容易，但我發現，原來這就是根本不重視它們——它們確實不是我的好詩，但這就是不重視它們，倒不是爭甚麼好惡，而是因為我那種東西實在沒有半點「現代」氣息。

我寫詩是為了安慰的，而且總是在命令要寫好詩，

而且也寫過很多好詩。我發覺早年的創世紀是純粹的詩刊，
沒有紛爭時的純美的詩刊，像當年另外國詩人精緻詩
集的詩刊，大家拿出對純化它的作品來發表的詩刊；
而不是像過去那樣，什麼、什麼都要的——說然是另外什麼的小事
我後來沒這麼喜歡的原因；那個雜誌被人覺
得只是「聯繫一種」而已，其階級一者，文壇上（心）是階級的分
[illegible]個不同；我不喜歡這樣受那個雜誌的影響，因為那樣不是
永遠能成了「權威」——權威就是要獨尊會產生它的，要
大家有活力，才沒有限制！
說之後大家都標榜，我覺得太多說了。我一直愛「創世紀」，

你談到"我的飛行"嗎？二月號文星；請讀"圈子的朋友"，那是你們三人。

我希望他也能用幾年的時間，做好刊物。假設我很自信要用大篇幅來寫那些現代詩，不如多花點時間地把歷史拿來讀讀，再請人評論。否則圈子越來越小，太令人灰心了。

瘂弦，我今天說太多了，希望我以後不會這樣。我很懷念八、九月的幾次聚會，假如我們現在也在一起，我可以主動地以筆談給你說吧！

書名也看到先生的文章，很欣賞，我太不現代了！請快些把我寫的信寄給我。希望你說說如何？我看

問候秦松兄、秦太太與你的孩子！

弦 三月十五日

一九六四・三・廿一　金門→復興岡

瘂弦：

前信不知收到否？你三月十六日明信片已到。君非李衡，硬要自稱李衡，使我不得不為李衡做一批判性的考據。按李衡（James Henry Leigh Hunt）生於一七八四年，卒於一八五九年。劍橋版的英國文學史把他籠籠統統地歸入「次要作家」（minor writers）中討論，論詩地位固不及濟慈，雪萊；論散文又在哈茲列特同藍姆之下，雜誌辦了幾個，又沒有《蘇格蘭評倫》和《倫敦週報》好；在世時聲名甚大，同儕尊敬之，歌頌之（濟慈曾寫傳統的十四行詩記述李君之出獄），圍繞之，談論之，乃一「偉大的朋友」，鼓勵濟慈，又把雪萊介紹給濟慈，擁其週刊《觀察報》以自重，敢言正義，為知識份子所欣賞。再者，此君多產驚人，他的作品和他的兒女一樣多（一八二一年他應雪萊之邀赴意大利，擬同拜倫三人合辦雜誌，同行者為其妻及七個小孩；但登陸不久，雪萊即不幸溺死愁予之所謂西培斯阿海灣。據云，雪萊之死，拜倫及李衡從未有同情或悲傷的表現，到底此二人有別於死者本身的性格——雪萊為濟慈之死還大寫輓詩呢——所以文學史家樂於把雪萊，濟慈相提并論；拜倫卻是富有的不良少年，紈絝子弟耳。）但他的作品今天已經沒有多少人讀了。他是一個偉大的友人，不太有影響力的批評家，如此而已。假如他的潛在力再厚一點，可以變成浪漫時期的約翰生博士，但他不行，他吸引不住那些乖戾的浪漫詩人，他沒有約翰生博士的動人口才和大學問。

總之，李衡在文學史上看來，是三流作家，正好像我說賈島一樣，三流而已（余光中說賈島是二流詩人，未免偏愛）。你瘂弦要做的不是這種蹩腳角色！（重複一次：）你瘂弦不是唱李衡的材料，你非唱老生不可，非偉大一下不可，正好像我自己一樣——這些話已經太衝動了吧？我突然想起來，假如要用十九世紀的英國文學史人物來比擬你，浪漫主義時代是不好比的，我們這個時代比較適合用「維多利亞時代」來比喻，那你瘂弦就非唱勃朗寧不可。

我想用維多利亞朝文學界狀況來比喻我們的文壇或許有些希望。這必須三十年後才看得出來，必須到你發展成勃朗寧（且娶得一位勃朗寧夫人），有人發展成丁尼生，再加上一個安洛德（余光中如努力，該向這個方向努力，他可以×××了），一個史雲朋，一個狄更斯，一個查克萊，和一個卡萊爾（李敖如要努力該向這個方向努力）*，就完成了。我們等着瞧吧，也

* 一九六四年四月廿六日，葉珊致另一友人信稱：曾向瘂弦說過李敖該走卡萊爾的路，「現在想想，如果他能有成就，應該可以成就一個羅斯金（Ruskin）」。

許五四的時代可以做我們的浪漫時代——歷史總是這樣不分東西地重複著的。

而「李衡」一定有人做的，譬如說夏菁。你要的是勃朗寧，不是他。

——三月二十日清晨

美國雜誌尚未收到，收到後再看看有沒有好文章。我眞感謝你常爲我寄書來，上次《納許詩》等收到沒有？是不是眞掉了，假如眞掉了，我要抱歉死了。這期《創世紀》我決心把三篇抒情的論文寄去，不知道什麼時候截稿。我也許可以寄一百元給張默；現在我住的地方離郵局很遠，過幾天才能寄。我寫你的文章就是狠不起來，這是沒有法子的，你別以爲我只知道捧人——我已說過，對你，方思，愁予我是「沒有怨言」的：或者說「敢怒不敢言！」

看報知道臺北有三個大學青年節要演出永祥的《風雨夜歸人》，不禁羨慕起來。我一直呼籲他出一本戲劇集，他怎麼從不考慮呢？我很希望讀讀他的東西。老蔡怎麼還不來信呢？對了，你能不能到台北去買點上等好茶葉寄給我；目前我最需要的就是好的香片，金門全是鶩腳貨，盼你寄幾兩來解渴。寄時要包好，以免潮溼。

我還有四個多月，不是三個月，閣下算錯了。我要到你補修學分完畢才能回台。等我重上復興岡時你大概已經在影劇系講《西洋近代劇》了。你最近見到過光虹沒有，是不是仍以逃課玩耍爲務呢？

你說《葡萄園》要攻擊《創世紀》，我想不太可能。他們沒有這個勇氣，而且「份量」不夠（套光虹的一句話）。你寄來香港的《文藝》及《創世紀》等都收到了。子豪先生的〈雲屋〉相當不錯，但他終究是一個很不惡劣的象徵主義者，不能否認，也不必否認。我倒寧可做個「古典主義者」呢！子豪是一個偉大的情人，是所謂 beau，死前不久，仍以五二高齡寫那麼溫柔美好的情詩，眾生爲之驚倒！

——三月廿日上午

關於莎士比亞的專刊，我可能寫一篇短文（兩千字），下月初以前設法寄你。可惜不在台北，無法躬逢其盛。《創世紀》增英文版一事我最近覺得並非必要。當然偶爾譯點詩文（有價值的）刊出並不壞，只是沒有按期訂篇幅登譯詩的必要，而且不可能太受歡迎——到底人家是否會欣賞我們的譯筆？我之所謂「人家」，是那些不懂中文的洋佬洋婆們。

我最近又讀聖經，英文本的聖經文字眞好，美極了，我們的中文譯本就差勁矣，記得方思曾在《現代詩》裡譯過幾篇，我印象還很深。但三百年內我敢保證中國不會出現第二本聖經譯本了。我又埋頭讀法文，背，啃，十分吃力，大概是馬齒徒增的必然現象。現在窗外下細雨，樹葉萌發，春天如此，生命如此，讚美吧。

——三月二十日中午

你十八日的信給我很大的安慰。這些天我是眞正地太不愉快了。少聰她已經十天沒有來信了，是因爲我三月一日連發的兩張郵簡使然。那時我太「悲壯」，大概觸犯了她——我在三月一日至三月十八日之間一封信也沒給她，只到十八日晨才連寄了四張郵簡，都一萬言。可笑的是今天卻收到她母親的信，對我很好，很關懷，並且認爲我今秋赴美可以照應她的女兒，而我今秋是不是一定要出去呢？我差不多已經不想去讀書了，我想到花蓮山地去教育我的阿眉族們。

你寄的 American Journal 四本收到了，但還未展讀，翻了一下，好像是水準很高的雜誌，願我能有情緒和興趣譯它幾篇。《納許詩》等你還未收到，我想是完了，上次我是託人帶到臺灣付郵的，因爲那比較快，沒想到卻遺失了，我再問問看，希望有尋着的一天。尤其是海內孤本的《苦苓林的一夜》，我抱歉得很，唉！

我〈水井與馬燈〉發表了嗎？我自己卻始終沒看到。那文章寫於去年十月初到金門的第二天，久矣。我不知道它發表在幾月幾日的報上，你幫我查查看，方便的話請剪寄給我，否則只好列爲「逸稿」了。散文我想是要寫下去的，而且要好好地寫，如果能收成一本散文集，如你所說的，讓女學生們去搶讀，也很可以滿足我的虛榮心哩！

黃用快結婚了，他尚未回我信，因爲我信裡又出言不遜了一次，我們意見分歧愈來愈大；他上次居然說：文學很「脆弱」、「不實際」……他已經不是詩人了，因爲他認爲詩的價值在生物化學之下，這是不可以的！

阿蔡剃光了頭髮，我要向他喝采！我下個月底也要剃光頭，到七月再把頭髮留起來。在此地，沒有「美麗」的必要，而且長髮也不見得「美麗」。

葉珊　三月廿一日

別忘了設法寄點好茶葉給我。

（信封封底）

發表〈水井和馬燈〉的報紙找到了，你不必幫我剪了。我覺得它寫得還不錯，你覺得怎麼樣呢？

——又及

瘂弦：

前信不知收到否？你三月十六日的信也已收到。君論李衡，是否因為李衡，你找不到李衡做一批判性的依據。按李衡（James Henry Leigh Hunt）生於一七八四年，卒於一八五九年。劇評散文家。英國文學史把他與其他之統統地歸入浪漫作家（Romantic writers）中討論，論詩地位固不及濟慈、雪萊、拜倫；論散文之又遠不及哈茲列特（Hazlitt）之大，論雜文又不及蘭姆，學術評論之知，論敘述技巧亦不及。但他當時名聲甚大，同情者敬之，親近之（濟慈嘗寫詩紀的十四行詩記述李君之出獄），圍繞之，談論之，乃一，偉大的朋友之，鼓勵濟慈，又把雪萊介紹給濟慈，擁其周圍，思鎔提之以自重，存之不義，不知他作了許多錯誤。同時，也是名士寫多了，他的作民和他的兒女一樣多(一八二二年他應雪萊之邀赴意大利,擬同拜倫三人合辦雜誌,同行者還有其妻及七個小孩;但是隔不久,雪萊即不幸溺死,楚亭之記得兩塔斯的淒淒四。據云,雪萊之死,拜倫及李衛絕未為同情諒解的表現,到後當二人有別於對香李奔的批評——雪萊的處境之死泛尤有燒詩呢——說了文學史家常從雪萊、濟慈相提並論,拜倫卻是常有的不免寫到,譏誚孩子氣一點。但他的作品,今天已沒有多少人讀了。他是一個偉大的友人,不太有影響力的批評家,如此而已。假如他的瀏覽是有所厚一點,可以變成很像約翰的約翰生博士,但他不行,他吸引不住那些乖戾的浪漫詩人,他沒有約翰生博士的動人的不知大學問。

說說，香衛在文學史上看來，是三流作家，不如像我說寶為一樣，三流定了（其實中流寶寶很是二流詩人，未免稱讚他）。你癡話要做的寶貝這神聖腳角色！（或說「說」你癡話寶貝李衛的材料，你非得先是不可，非偉大不可，不如像我們之一樣——說些說已絕不衛動了吧？我突然想起來，假如要用十九世紀的英國文學史人物來比擬你，以像主義詩代是不好吧，我們沒有時代比較話合用，總是利正時代來比喻，那你癡話就非得勃朗寧不可。

我想用說是利正朝之文學界說說來比喻我們的文壇，我評為些前說，說必須三十年後才看得出來，必須到你發是張勃朗寧「且取女得一個勃朗寧夫人」，有人發是張了底也，再加上一個安諾德（魯迅中如努力說得沒有個分有努力，他自己了），一個史雲朋，一個狄更斯，一個查克萊，和一個吳爾芙的（李敖如要努力說得沒有個分有努力），就完全說了。我們當着腔他，也許五四的錯誤可以做我們的保護錯誤——一分史說是的，樣式與東西地意識着的了。

命，李敖之一定有人做的，譬如說夏濟安。你要和夏濟朗寧，不要他。

十二月二十日清晨

意圖雜誌為書收到，收到後兩篇是略沒有好文章。我真說謝你常寄雜誌來，上次，你的詩評書收到沒有？真不是真猶豫了，假如真猶豫了，我要推薦用死了。這一點創世紀我沒以把三冊抒情的論文寄去，不知道什麼時候藏移。我也許可以寄一百元給從戎，現在我住的地方離郵局很遠，過幾天才能寄。我曾給你文章，也很不記得，說是沒有信寄給你，你到以後我才知道搞錯了一我寫信給你，對你方見我不
我覺了沒有怨言的：我當說了，就也不敢言！

看後知道台灣也有三個大學，要是都要讀書，我看的下風雨短篇人人，不禁要說真的記事。我一直希望他出一本
我剩餘的，他能否有錢，不致寒餒呢？我很希望讀讀他的東西。
老舍怎麼還不寄給我呢？付了，你說不能到他處買
人當好學要寄給我的，因為我覺得要的就是好的書吧，寄
州全包郵購寄，你寄幾本來解渴。家情多怎好，以免
掛念。

我沒給你一个多月，不是二个月，時間不算短了。我要到你編輯時常常完全筆未紙困苦。當我重返崗時，你大概已經在影劇編輯工作，而得作你的劇了。你最近見到陳光虹小姐沒有，是不是仍然那樣晚要女的孩呢？

你說英國女性劇世紀，我想不太可能。他們沒有這个氣氛，而且還，份量不夠（套光虹的一句話）。你寫其香港的「文藝」及劇世紀等都收到了。至高興是你的「兩風格相當不錯，但他終究是一个很不甚高的象徵主義者，不能否認，也不能否認。我倒寧可做个古典主義者呢！如果也是一个偉大的情人，是說得Lear，那就不免，仍然是二等的作品。那些偉大的情詩，人人生來之寫得到！

——三月廿日上午

關於「世紀」要出專刊，我可能寫一篇短文（兩千字），六月初
以前交稿給你。可惜你在台北，齊邦媛譯之甚勤，甚盼。創世紀增英文
版一事，我自己倒覺得並非必要。為此《現代詩》譯成英文（或詩選集）刊
出並不壞，但也沒有按期的篇幅翻譯詩的必要，而且不可能。
太麻煩了——到時人家也不會欣賞我們的譯作。我們
只得人家，自那些不懂中文的外國讀者們。
我覺得你的這些譯本，英文本身的翻譯文字甚好，亦極了，我
們的中文譯本然是動筆，記得有思當是個現代詩翻譯過
幾篇，我可以是不是很深。但三年前我做保在中國不會出現許
二十年出版的譯本了。我之以前說信之，期間，十分吃力，
大概是因為我做的以理想的緣故。現在實外也經過，樹甚
甚多，希望如此，生命如此，深意吧。

二月二十日 中年

收十八日的信，信說我很久沒有安穩。這些天我是真的心地太不愉快了。我與女朋友的事真不好說，她已經十天沒有來信了，是因為我三月一日寫給她的兩信都很簡陋些。那時我太不冷靜，大概觸犯了她，我在三月一日至三月十八日之間一封信也沒給她，以致十八日是人才連寫了四信都郵簡，都一句話。可笑的是今天都沒收到她，但收到她母親給我的信，對我很好，很關懷，並且認為我今秋出國後可以照顧她的女兒，而我今秋是不是一定要出去呢？我差不多已經不想去讀書了，我想到應該到山地去教育我的阿眉族們。

你寄的 American Journal 的文收到了，但還未全讀，翻了一下，好像是很深很高的、論說，就我能有情緒和興趣譯它的全部。你譯詩以等你還未收到，我想是完了。上次我自己托人帶到臺灣付郵的，因為那地較快，沒有到郵局遺失了，我再問問看，希望能有看的一天。尤其是你兩張相片，是在森林的一張啊，我挺歡喜得很哩！

我的丹鳳燈，發表了嗎？我自己卻始終沒看到。那文章寫於去年十月初到金門的第二天，久矣。我不知道它發表是幾月幾日的報上，你幫我查查看，方便的話請剪寄給我，否則也就算了，免得麻煩了。散文我是要寫下去的，而且好好地寫，如果能出一本散文集，好像說的，讓女學生們去搶讀，也很可以滿足我的虛榮心哩！

黃用快結婚了，他常來罵我，因為我很疏又出言不遜又一次，我們走過了幾家書店之後，他又沉靜地說：文學很脆弱，不完整……。他已經看見詩人了，因為他認為詩的價值是在國際水準之下，這是不可以的！

附筆劉老先生，我要向他鳴謝！我下個月就也要劉先生，拜到七月兩地先生簽名起來。至此地，沒有一處話的必要，而且當然也不是得遲一點兒聽說了。

瘂弦 三月廿一日

別忘了說作家吳姆寄來給我。

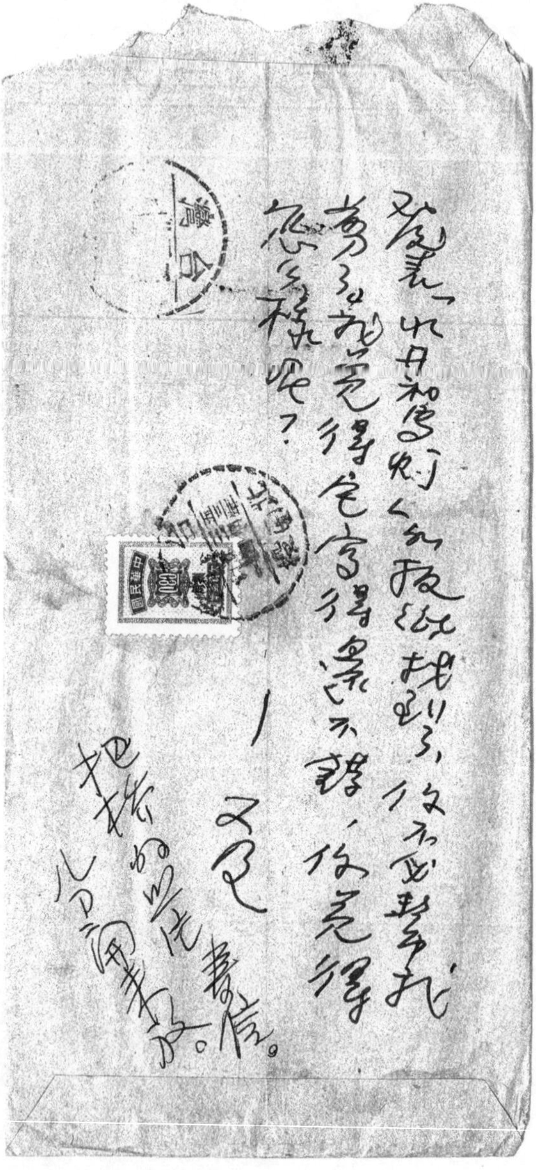

附錄：一九六四・三・廿六　金門→復興岡（致蔡伯武）

阿蔡，

你附在瘂弦信裡的一張紙我已經收到了。瘂弦的信我也收到，因為同在那天我寄了一封長信給他，所以要等他回我信後，再寫信給他，以免「失之交臂」，你催催瘂弦吧！

據說你剃光了頭，我要向你喝采，我早已經有剃光頭的衝動，可是到今天還沒剃光，眞慚愧極了，也許下個月吧；聽說四月的金門是很炎熱的，到時我一定用剃刀刮一個淨光。你最近有作品沒有？我們連上為了參加軍歌競賽，這兩天一直在練歌，唱的是你同左宏元的作品，沒想到吧？

我心境一直沒有開朗過，想得太多，做得太少，事業上的煩惱，愛情的煩惱，前途的疑慮，這一些都使我沒法子開心。開心何其困難哉！

你們現在還宵夜否？說哲學話嗎？老張似乎很有點表現，為他喝采！我最近參加全金門的辯論比賽，代表本部隊得了一個團體組冠軍，這是惟一可以說說的——你想一個寫詩搞學術的人一旦必須用嘴巴去作戰去表現的時候，也夠淒慘了。

瘂弦幫我買茶葉了沒有？你懂茶葉，爲我買幾兩寄來吧，我需要這種東西。幹校第八期政治系〇〇〇少尉下月初將返台探眘，他將去幹校取我的畢業論文，請你通知瘂弦，並注意一下。交給他帶來給我

算了，畢業論文存在你們處吧，等我回台再去取，反正也不久了！

葉珊　三．廿六

一九六四・五・五　金門→復興岡

瘂弦：

久未見來信，是何道理呢？我寄去的長信，你的〈下午〉及另外一首〈非策劃性的夜曲〉都收到未？我兩首給《蕉風》的詩又是收到沒有？

《哈姆雷特》想是演完了，專刊出了沒有？〈氣概與眞理〉發表了沒有？請寄幾份給我。金門正在下雨，立夏了，雨季到了。我最近一首詩題曰：〈來自村落鐘鳴處〉。

葉珊　五月五日

春風春雨花經眼

江南江北水拍天

瑞芬兄：

久未見來信，究竟何故這麼忙呢？我寄去的花枝，你們下午來過了

沒人看？那年全劇社的相片都收到未？我兩首給「蕉風」的詩又是

收到沒有？

的，給她寄的相片寄到，完了，「蕉風」刊出了沒有？「氣候」專號怎樣

了沒有？請寄兩份給我。「金門」，去年下冊，又見了，兩本寄到

了。我自記得一首詩說：「來自村上的鐘聲」。

乙卯 鄭州 五月五日

春日風吹雨花落眼

江南江北水接天

一九六四・九・廿　愛荷華→復興岡

瘂弦，橋橋

永祥，伯武：

恕我只能先這樣合寫一張郵簡。前幾張風景卡片大概都收到了吧？我十三日中午到達西雅圖，從飛機上第一眼看見亞美利加的美麗河山，綠嶂層疊，浮雲白日，倍增家國之思也。在西雅圖下了飛機，好像突然進入了台灣的十二月天，寒冷涼爽，兼而有之，不得不穿起毛衣來。我在該地停留三四小時，一位過去在東海的美國老師接我去他家喝了杯熱茶，下午三點多上機，繼續南飛，經奧列岡（Oregon）州至舊金山。

少聰在舊金山接我，仍是老樣子，但黑了些，也健康得多，大約是暑假曬的。舊金山也相當「涼」，黃昏時份六七點鐘，全城的人都著大衣，抖索不已。我們先驅車在舊金山城裡繞了一圈，就開赴唐人街，在一家老廣開的小飯館吃飯，我要了一份餛飩，簡直不能入口，中國菜被誤解矣！在座大部份為洋人，只會吃「雜碎」和炒麵，猶津津有味。想起華北館雖不入流，亦可愛矣！飯後車經長達數浬之「海灣大橋」（Bay Bridge）赴波克麗（Berkeley）。波城美極，爲加州大學之所在地，少聰即卜居該地。當夜我宿一東海老友家，上了床才知道自己是很疲勞的，才更強烈地意識到自己身置異鄉。

我十五日在舊金山附近奧克蘭（Oakland）上火車，與少聰同行。所乘火車名「加利福尼亞輕風號」（California Zephyr），爲出名之遊覽火車，比我們的觀光號還好，說來黯然！在車上兩日夜，看不完的名山大川，經過了七個大州（California, Nevada, Utah, Colorado, Nebraska, Iowa）有沙漠，有大湖，有平原，有高山和峻谷。某日凌晨醒來，看窗外一片平，少聰驚呼曰，「吾等正經海洋而行耶？」我駁之曰，「不是海，怕是大湖哩！」天稍明後，才知道不是海，不是湖，而是一片大沙漠。

我們在 Omaha 城換車，休息三小時，出站遊城，奧城安靜而美極。我們吃美式早餐，還不難吃，但貴極。下午繼續東行，過密蘇里河，入愛奧華州境，舉目而望，全是玉米田，果然不出所料，Iowa 是一個大平原。

Iowa 大學所在地之 Iowa City 是一個典型的大學城，非常美，來時正下小雨，迷迷濛濛，令人心亂。當夜 Engle 爲我安排住在王文興處（王在華府尚未回來）。我如今已註過冊，找到了房子，一個月四十二元，自己做飯，一個月大約三十元；少聰住在附近一個同學的公寓，合住，花費也差不多。

Iowa大學的英文系甚有名，功課也嚴。我這個學期選了十五個學分，一門「創作」，一門「翻譯」，一門「詩的型式」，一門「藝術史」，也相當吃力了。我本要選一門「戲劇理論」，一門「英詩中之古典傳統」，被老同學所制止。我想暫時這樣看看，下學期再做別的打算。

現在我這一封信在大學音樂廳裡寫的，這個音樂廳只合「高級」兩字來形容，完全是「氣氛」，除了氣氛，什麼都不是！紅牆上的爬籐，已不在話下，留長鬍的學生，地上亂躺的男女，以及廣達百公尺大草地上的古樹和樹下的松鼠，正是一種「氣氛」而已，可愛極了。這個學校頗大，學生達一五〇〇〇人，有河横貫之，建築物多高大古老，使人自覺形穢，眞他媽的氣煞英雄好漢！

今天是中秋節，今晚要開車出去，然後去遊湖，過過外國月亮的中秋佳節，不知道又要多麼傷感呢！不知道你們中秋如何過的。好快啊！我已經離國一星期了。來信。

葉珊　九月廿日

不知道哪一個學生點了一張老貝的《命運》，想起阿蔡房裡的竹簾，已是千萬里外的風光了。昨晚遇見白先勇，此公住在校舍裡，大概因爲經濟寬裕之故。葉維廉已去東部，我看到他

《當代中國詩選》之緒論，長達七十餘頁，以瘂弦爲要角。葉在此地混得相當出色，安格爾好像十分傾倒似的。

——又及

一九六六・八・十七　柏克萊→內湖

瘂弦
橋橋：

華苓來信，瘂弦的 DSP66 已辦妥寄去，相信已收到。前信談到請瘂弦在九月三日以前趕來，爲我在婚禮上唸一首詩，現在寄去正式的外國請帖。

少聰還在問瘂弦大約幾時可到。安格爾已經又爲你寫了一信給美國大使館，什麼「託福」不託福大概就不必考了。我相信你能辦得很順利。

《文星》八月廿五日出《葉珊散文集》，瘂弦來時可否隨身爲我帶兩冊來？我請他們水陸寄，耽擱太多。瘂弦九月初能來最佳。

葉珊　一九六六・八・十七

一九六六・八・廿九　柏克萊↓內湖

瘂弦：

八・廿三來信收到。這幾天正忙得金星直冒，婚期逼近，雜事猶多。你信中所談諸點均悉，簡覆如下：

(1)你果然趕不到婚禮，漢詩免唸了。少聰的哥哥少愚定九月一日到，如果你能那天來一切就太圓滿了！

(2)你九月中來，時間亦佳。祝中校能慨然說明送你到愛荷華，固然很好，但我以爲你不必那麼匆促。我的構想是：你仍然去買你的機票，告訴航空公司，你要來舊金山。根據航空公司一般辦法，飛機無論原訂飛西雅圖或洛杉磯，你都可以免費轉來舊金山（因三都市都在西岸，公司有義務免費送達乘客指定的登岸口），如飛機訂了要來舊金山，自然最佳。所以你無論如何要來舊金山，在此住幾天，遲到愛荷華無妨——你到此後再打電話給聶告之已抵愛城時刻即可，不必慌張。

(3)你可謝謝祝中校，說明你在加大的詩人朋友要扣留你，留你住幾天，請他先去南伊大

——你的安全由我負責。這事一定要這樣辦才可，我盼你來美這麼久，假使你爲了趕時間過我門而不入，豈不教我氣絕？愛大方面遲到絕對無礙，安教授處我可以打電話去說明，毫無問題。

(4)我的意思如此。你千萬這樣做。告訴航空公司你要來舊金山，由他們安排，你來此住個三、五天，讓少聰與我引帶你認識美麗的海灣區，我們也可以談談別後種種。你來此後，不論搭機或坐車去愛荷華都很簡單，不要怕英文不夠用，一上了車船，直達愛荷華，沒有任何麻煩。切記，切記。

(5)聶華苓會幫你把住宿、醫藥保險等辦好的，不要擔憂。我在此的電話號碼是

白天　845-6000　extension　4006

夜晚　843-7626

你一處找不着我，就試另一處，包無問題。

(6)快訂機票去，訂好了，快來信，把起飛、降落的時間及 Flight Number 告訴我，越快越好。散文集已出，幫我帶幾本來！

葉珊　一九六六・八・廿九

一九六六・十・卅一　柏克萊→愛荷華

瘂弦：

離加州後即無音訊，是何道理？我功課太忙，任我是天下最勤的書札寫作者，也等到今天才能提筆挑戰。我有些後悔跑到這個地方來死啃書；在愛荷華兩年未有如今日之匆促繁忙過。

你喜不喜歡愛荷華。聽說你與華苓家人，Engle，莊喆都相處愉快，至爲慶幸。你是否註冊選英文課？感覺如何？我總覺得生活寫作第一，別的暫緩無妨，不知道你自覺如何？

莊喆說你有詩，大好消息，可以寄來一閱否？

橋好不好？寫家書時代我問好。家妹與她魚雁不斷，頗爲可喜。

你有沒有替我買一冊《覃子豪全集⑴》？如未，請速代辦，把我的地址給葉泥，我收到書後，自當遵囑謝他。這期《創世紀》請寄我一冊，我要存全套的。最近《文星》已將我的詩集《燈船》印出來了，待書到後當寄你一冊。你的詩集何時出版？

華苓說她在爲你譯詩，是好消息。你和維廉連絡上了沒有？

你快寫詩罷，好傢伙。我在想，我也要寫詩了，下一次出詩集，我要出一本完完整整的長詩，要寫一首包羅萬象的長詩，我如不寫詩，就不算詩人了！

你和黃用連絡上沒有呢？他住得近，你甚至可以打電話給他，由他處付錢，打法問華苓，黃用的電話是 292-1464。

阿蔡的音樂比賽只得了一個佳作，此公何以發達不起來？老張又得頭獎，獎金四萬元。

葉珊　一九六六・十・卅一

一九六六・十一・四　柏克萊→愛荷華

瘂弦：

我適與你一信，接你十・廿五信，知道兩信交錯，茲再補一封，免得混淆。如你未回我前信，請一并回我；如已回，就等我與你回信。

你愛愛荷華城，善哉！希望你有詩做證。我譯 Iowa 為愛荷華，典出《詩經》鄭風〈山有扶蘇〉篇：「山有扶蘇，隰有荷華，不見子都，乃見狂且；山有橋松，隰有游龍，不見子充，乃見狡童。」《朱傳》：荷華，芙蕖也；芙蕖就是荷花，古人越注越迷糊，此亦為一例。你們河南方言稱荷花是不是芙蕖呢？

吾愛荷華，吾亦愛「沉鬱堅實的學問」（solid scholarship）這是羈留加州的惟一原因。也許明年夏天可以「回」去一遊。

《詩選》小傳早寄周翠卿女士轉張默，不知他何以迄未收到。你寄來照片，風鈴均收到——風鈴叮噹，吵煞人也！陳、莊、唐地址見後頁：

（我本寫「見背頁」，古文中「見背」者，「死亡」也，見李密〈陳情表〉。）

Prof. S.H. CHEN	MR. Hsing-Cheng Chuang	MR. Monbil Tong
48 Hygate Rd.	Rm.319, 2168 Shattuck	57 Tahoe Court apt. 3
Berkeley, Cal	Berkeley, Cal	Walnut Creek, Cal

請記住寄一冊《創世紀》來。覃著亦請代訂。

我不久當抽空寫信給張、蔡二人。

你在 Iowa 見到 Prof. Frederic Will 沒有？此公人甚好，可與他多交往；他自己還是一個很新很好的詩人，出有詩集數冊，論文深奧，學問不見其底。

這期（十一月）Mademoiselle 雜誌上我的英詩你看到未？有批評否？

葉珊　一九六六年十一月四日

（信封封底）

風鈴收到時已經壞了許多，線斷形歪，我覺得不宜送給陳教授，你寫信給他時，暫不要提，等我得空設法修整以後，再看着辦如何？

瘂弦：

我寄上給你一函，接你25/10的信，知道兩信交錯，茲再補一封，免得混淆。如你未回我前信，請一并回我；如已回，我會等你回信。

你說「豈有芳草坳」，是否說：高於你有詩做證。我從Iowa寄「豈有芳草」，典出詩經鄭風〈山有扶蘇〉篇：「山有扶蘇，隰有荷華，不見子都，乃見狂且；山有橋松，隰有游龍，不見子充，乃見狡童。」朱傳：荷華，芙蕖也；芙蕖未發者有花，古人總說是迷糊，也正是一例。你似得南方言稱荷花是不是芙蕖的呢？

至於豈有芳草，是正是「沉鬱」與空寞的寫照（solid scholarship）這是兩種絕對的對比的一個原因。也許你得今天才比「回」去一點）。

請送小冊子與周郁卿女士轉送，不知她何以送去收到。你家來信如件、風鈴均收到，風鈴好精緻，好熱心也！

陳、萊、蕾地址見後頁：

維

（我本寫「見此月惠」，查文中「見此月」者，「死亡」也，見李賀陰陽精魂。）

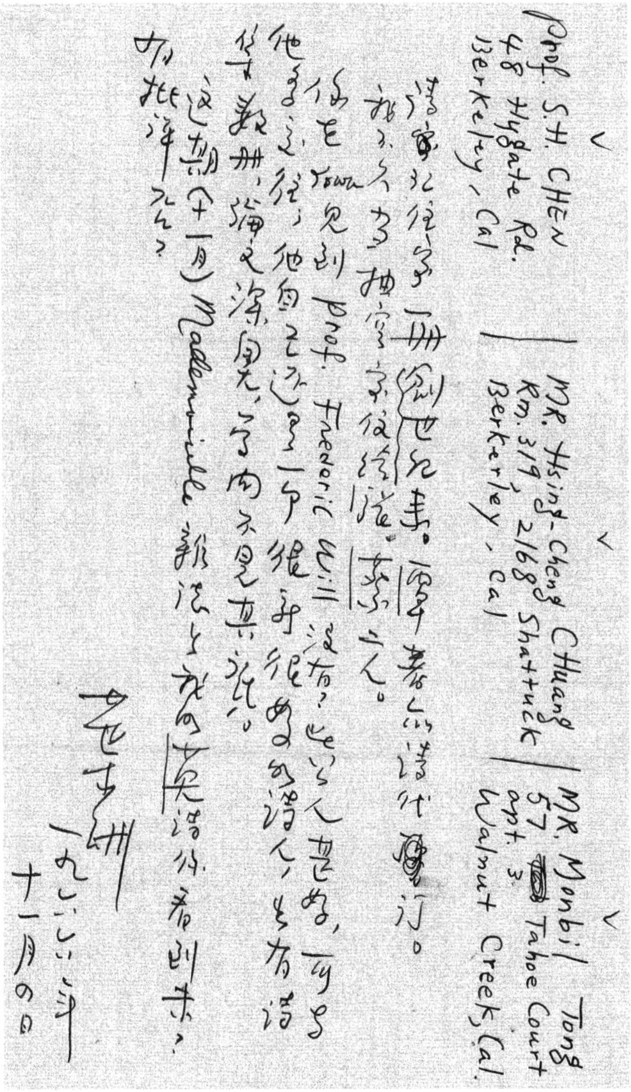

Prof. S.H. CHEN
48 Hygate Rd.
Berkeley, Cal

MR. Hsing-Cheng CHuang
Rm. 319, 2168 Shattuck
Berkerley, Cal

MR. Monbil Tong
57 Tahoe Court
apt. 3
Walnut Creek, Cal.

請[illegible]以上各位寄一冊創世紀專。[illegible]泰山詩代[illegible]訂。
我不久當抽空寫信給諸友人。
你在Iowa見到Prof. Frederic Will沒有？此公人甚好，可與
他多談談，他自己也是一個很好很好的詩人，也有詩
集數冊，論文深奧，可內不是無法。
這期（十一月）Mademoiselle雜誌上我的英譯作看到未？
好批評批評。

瘂弦
一九六六年
十一月四日

Via Air Mail

風鈴收到時已經壞了許多，竟斷形歪，我覺得不宜送給陳教授，我寫信給他時，就說不要提，等我得空後慢修整以後，再看看新如何？

一九六六・十一・廿九　柏克萊→愛荷華

瘂弦：

十一月七日信收到，前兩天並收到這期《創世紀》。洛夫的〈西貢〉詩不壞，〈和尚在開會〉，很有些詩人的幽默感，讀其詩如見其人——但他的凶猛語言顯然不在詩裡，莫非這也是種失落呢？維廉的詩我還是不敢置評；我不知道這樣寫是不是一條路，非常懷疑。《創世紀》大體說來，仍走的是老路子——我覺得可以用「腐敗的現代詩」來形容，那幾個新名字都沒有新作風，表面上奮勉鷹揚，實則仍（在現代的蠱惑下）死氣沉沉，惹人厭煩而已！

你寄來的煙灰缸已代送陳教授，他非常喜歡，讚美你的趣味很高。他收到你的信，曾告訴我說：「瘂弦非常禮貌，說話得體而不失誠懇」。

詩開始寫了沒有？我月來試寫兩首短的，成其一，擺在抽屜裡等着潤飾砍斧。學問做是做，詩如寫不好，還是最大的悲哀。我一遍又一遍地讀《詩經》，很有些收獲，擬做一〈詩經草木名物考證〉的論文。

我一旦鑽進了舊文學，沉醉得不能自已。古代的東西固是陳舊了些，但比「現代」的東西和氣些，有趣得多。記得洛夫爲文曾說：「我最大的享受是讀現代詩」，我有時覺得我最受罪的是讀今天臺灣的現代詩。我深愛古典，故紙堆的生活恐怕要這樣發展下去了。

關於你詩的翻譯，你如有興趣，可到圖書館去翻出余光中，葉維廉和我的 M. F. A. 碩士論文來，三冊中均有你的詩，假定華苓要譯，也可讓她參考。

《燈船》寄到後，我會爲你寄去；你看看我到底是不是眞在「做工」。我譯的羅爾卡詩發表後你看到沒有？那是在愛荷華最後幾個月的成績，全部在 Kirkwood 公寓裡做的。到加州來以後，我敢保證三年之內不可能再有時間做這種爽心悅目的工作。

我弄德文弄得很起勁，一天至少讀兩小時，我希望你弄英文弄得比我勤。我想你如能一天埋首搞三小時英文，出門練練會話，一年下來，一定大有可觀的。莊喆今天自密西根來信，我才知道你們有芝加哥之遊，你們看了多少個博物館？芝加哥是我最喜愛的美國都市，遺下許多懷想，也曾和光中在湖濱大道上狂行過，在美術館一同看後期印象派的東西。全美國的博物館中收集後期印象派作品收集的最全的是芝加哥，比紐約還好。還有，芝加哥是聞一多的。

最近我做了一個考證。看聞一多的生平，發現公元一九四六年加州大學（本校）曾邀請聞來此講授古代中國文學，時聞在昆明，熱衷政治，馮友蘭勸他接受，他堅持不允，執意回北京——「北京的青年需要我」——不久他就死了。這件事令我黯然良久。否則他說不定到今天都還在柏克萊教《楚辭》呢。

我已見到劉大任（在此讀政治學），《文學季刊》也看到了，有我一首詩，光中一首詩。對了，我新寫的詩題目叫〈四月二日在密西根與光中同看殘雪〉，不讓唐人專美於前。

葉珊　一九六六・十一・廿九

多來信。一年以後我們一人保存一束對方的信，整理起來，也非常有意思的。

——又及

一九六六・十二・卅一　柏克萊→愛荷華

瘂弦：

此信到時，你恐正在維廉處，普大亦有園林之勝，看完紐約南走普大，會覺得休息之樂，這是我的感想，你以為如何？你的感覺極可能不同，因為你去紐約「觀劇」，我去「打工」！

昨日文標夫婦，劉大任等人在我處飲酒「作樂」，少聰的川菜突飛猛進，諒不下於峨嵋餐室，客廳升火，烤紅薯，也有風騷之興，惜你不在。文標示我以閣下廿六日信，大家都希望你返臺前在加州多住幾週，下次你來，我們出門去加州的名山大川露營，不要埋在家裡悶談可也。

留美與否，一時也說不清。我心在教書，教中國青年。套聞一多的一句話「……的青年需要我！」這事要到一九七〇年才能完全決定，現在走一步算一步，做好了學問再說。你是不是已決定明夏返國？有無意思延長一年？橋橋可好？寫信時多為少聰與我問候她些。家妹出國手續在德國領事館方面出了麻煩，橋橋必有所知，希望橋橋也安慰她幾句。

愁予《衣缽》已寄去，想必已收到，這本集子遠不及《夢土上》，你以為眞否？現在希望的是你早些也結集一冊，讓大家讀讀，你如把長詩們收攏起來，必有可觀，我可答應寫一長評，〈論瘂弦〉之類的東西，台灣的詩壇走火入魔了，你我看到了外國人的做法，雖不一定要跟外國人走，至少可以借鏡，他山之石，可以攻錯，何況他民之詩乎？

我前不久寄去《燈船》二冊，其中一冊你為我交華苓罷。我譯的羅爾卡稍延數日亦可以寄一冊予你。羅爾卡的美也是我們有目共睹的，譯詩本非我欲，這次挑羅詩，目的是用他的體裁表現我自己的文字理想，好不好，要聽大家說了。

《創世紀》出愛荷華特輯事你是不是在設計中？

葉珊　一九六六（丙午）除夕

最近我對兩個東西發生興趣，一是聲韻學（即古音的重建——高本漢注論），一是古代的星歲紀年。下學期要稍加涉獵，同時弄古代中國神話及莎士比亞。

——又及

一九六七・二・五　柏克萊→愛荷華

瘂弦：

這學期忙些，信就寫得不勤了。前幾天忽奉葉維廉普林斯敦來翰，與我論詩，「向我的詩索要」鏗鏘之聲，「索要」祖國的哀傷，「索要」陽剛之美，不許我再「柔美下去」，又以杜牧之一面比我，使我想起愁予在《夢土上》「後記」裡說的：「有人向季候索取新綠或成熟；向詩要鼓聲，要指方向的針，這是索要者的事啊！而季候和詩她們自身卻全不在意的哩！」

「卻全不在意的哩！」這話說得好。維廉熱心有餘，我尊敬他轟轟烈烈的「使命感」，但不佩服他的作品。質言之，我不懂他的詩。你這次與他長談，應該更有些認識，我倒希望聽聽你的意見。愁予的話是中國詩人的話，不管現代不現代，是中國的！維廉整個角色是很現代的，但不論他在詩裡穿插了多少古書裡的句子，他不是「中國的」。前不久我與唐文標談起來，提到六、七年前黃用說：「華僑派」詩人一事，到今天我猶有此感，我總覺得東南亞的表兄弟們「缺少了點什麼」（lack a little something）！記得前幾期《幼獅文藝》上李英豪寫香港文學界現狀一文，開頭說：「作爲現代中國文化繼絕興亡的中心地的香港……」令我髮指！這種井蛙式的使命感是沒有用的。

好了，其他的話待我有機會回維廉信時再與他談去，他的信很長，非常誠懇，這點我了解，但套句武俠小說上的話，他走火入魔。他「索要」。

你元月十四日信收到了。知道你在東部的旅行愉快也爲你愉快。有一個地方你我都沒去過，就是美國的大南方！你想不想去呢？老黑喬的南方，棉花田和奴隸的國度。我希望暑假你回國以前來此，我們找個機會到南方去旅行幾天，渡一個「七月的南方」。

回國前你一定要來加州盤桓些時，大家都這樣希望。陳世驤先生很喜歡你，對你念念不忘。陳先生喜歡人陪他飲威士忌，你一年的磨練，大概也能喝幾杯威士忌（Whisky on the rocks 直譯爲「岩石上的威士忌」可乎？）加冰塊了吧？重要的是，你如在愛荷華買機票，只須先買到舊金山的，到此以後，再做打算，多住幾星期亦不妨也。你有意買舟乎？搭船回去也是個好主意，想到沒有？

我正學希臘文，忙得要死。你半年來寫詩了沒有？不要蹉跎了青春年華。你有管管地址的話，來信請抄給我。

葉珊　一九六七　二月五日

加州現正春光明媚之際，遙想愛荷華此時必是大雪紛飛，不可思議。華苓家搬了沒有？歲聿云暮，臘鼓頻催矣！

——又及

一九六七・二・廿四　柏克萊→愛荷華

瘂弦足下：

前信諒已收到。

寄去照片若干張，爲足下去秋訪濱海柏城時所攝（音聶）者也；陽光頗好，人亦翩翩可喜。另附去各照底本，願加洗，可以爲之，宜寄回家裡付橋橋再看，豈不休乎？邇來各務交繁，日理萬機，詩思蕩然，捫心自問，頗是不安。足下有新作否？盼寄來一看。耑頌

詠安

葉珊再拜

西曆六七・二・廿四・歲在爻

一九六七・三・廿八　柏克萊→愛荷華

瘂弦：

乘開學前好好寫一封信，你的來信已收到。未收到前我已從楊璞信裡（她調去臺北做事）知道橋橋病情，非常耑懷；你說現在已經出院靜養，我從楊璞處所得消息橋橋卻好像還住院，大概是發信時間不同致有此差池！

國內的人常常怕我們在外耽心，大事報小，小事報無——當然也有些不知天高地厚的父母，無事報小，小事報大——我想我們在衡量時都要小心判斷。

你留下一年，當然是一件值得興奮的事，我雖一直主張你回去（正如主張我自己回去一樣），知道你能留一年，多看些東西，多學些東西，也非常高興。週前我予華苓信提到，你此事大約應循官方辦得合乎法規才算安全，因爲⑴你是軍人⑵你接受了在華基金會的旅費。假如軍方不高興，儘可以照會基金會通知美國政府送你回去，因爲你接受了旅費有此合作之義務，如此回國，則軍方一定也大不高興，事情就糟了。你說安先生寫信給蔣部長，結果如何？但願一切如意，否則你不妨小心考慮一下，免得吃虧了。

你正式註冊了，是好兆頭壞兆頭我一時不敢說。我現在自己是徹底地向學院低頭了——被學院所迫害，害得鋒芒全無，我後悔選了讀書做學問這條路，但我不得不拼了命去幹，做一個死氣沉沉的學者。半年內我寫了三首詩，這是使我痛心疾首的一件事。你好好小心，不要被學院征服了，否則於詩無益，只有大害。

據說《現代詩選》已出版，你收到了沒有？我一直沒看到。編得好不好？你到底寫了詩沒有？不要開玩笑，這是我們最值得驕傲的事，別的進步了，固然好，但是假的；只有寫了好詩，才是眞榮耀眞幸福。我來美國第三年了，一直只看到自己是個從頭到尾的中國詩人，而且我認爲中文是最美麗最合用的文字，我可以爲五斗米讀英文書，寫英文詩和英文論文，說英國話，吹英國牛；我始終是要做完好的中國詩人；你可否與我共勉？好好寫詩，不要被美國的那些東西衝昏頭了，老友！

我相信暑假裡我們會有機會見面。到時大家拿幾首詩出來交換着看，拿不出來的該打屁股買酒請客。少聰四月中旬去愛荷華，五月間回來。

葉珊　一九六七・三・廿八

找到管管的地址的話，抄給我一份。《創世紀》出了沒有？久未看到矣。爲愛荷華出特輯事，你擬個計劃如何？安先生樂觀其成也。

一九六七・五・廿　柏克萊→愛荷華

瘂弦：

少聰回來帶來你的長信、《中國現代詩選》及張默信三封均已收到。《詩選》編得很壞，沒有水準，屬於亂搞之列，未選我絕對無妨，洛夫雖會對張默生氣，我倒不至於。這個「年紀」早過了文藝青年的境界，這種事是不在乎的。

我大略翻了一遍，又給劉大任看了一遍，他也懶得看，這是很顯然的。我希望《七十年代詩選》是嚴肅的工作，否則怎麼辦呢？你說張默要我寄十元去，我月內當寄去。信上說《七十年代》在詩人節出版，時間大概不早了，我本想把小傳要回來「改訂」一下，現在也只好免了。《中國現代詩選》裡的小傳寫得很壞，不知道在搞什麼名堂，寫了等於沒有寫；看了使人悲哀。你的說法很對，一個編輯做事非負責不可，掛了名不預其事，還不如不掛，這是藝術良心，不可以不講究。我在金門時反張默的編輯方針（發表○○○、○○○、○○○之類詩一事），聲言要請張默爲我除名，你勸阻；現在你老先生也感受到事情的嚴重了。不是我擴大事態，我覺得「歷史」這個東西我們是不可以不多考慮的。你們編《六十年代》是一大成功，連未選進的詩人（如周夢蝶，鍾鼎文）都服氣讚好，《七十年代》萬一編壞了，「前期聲名」只得掃地，這是不能不想到的！

我從張默的信裡得到一個印象，《七十年代》不會是「年代之作」，最直接的原因是所選諸家並不精緻，壞詩人「林立」……我不敢想像這書的水準是什麼樣的。我無意多責張默，他辦事苦衷亦多，但當初你們發通知爲什麼要那麼狠狠地發五、六十份？我眞不懂。《六十年代》納二十六家，多麼可喜可敬的藝術忠誠啊，恐怕短時期裡中國不會再有這麼一個完善可愛的詩選了。在我判來，《七十年代》的毛病在：

(1)先定了「選七十年代內寫作的人的作品」，而不是做收穫的結帳，基於此，不選方思，覃子豪，林泠，黃用，夐虹，秀陶，楊喚，這是很有問題的方針。而且我不懂爲什不選紀弦。

(2)小傳的寫作方式不對，如依《中國現代詩選》的體例，《七十年代》的小傳亦不會佳；當初《六十年代》出時，這種方式還算是評和傳的結合，可惜現在的全是評，沒有傳。

(3)書的型狀太難看了。張默喜歡印怪型狀的書（他自己的詩集就是一例），《七十年代》如採這方型的版式就太過火了。在我看來，書還是書；寫詩不妨寫新詩；印書最好還是印傳統式樣的書，有利於國內外圖書館人員之安排處理。我這一生有個希望，五十歲以前出一本精選的自己的詩集，線裝布盒，書分二卷。林語堂很久以前在北平教書時出過雜文《大荒集》，就是這個方式，將來你到柏克萊我可以拿給你看，美極了！

好了，不談《七十年代詩選》的事了，談我們自己的吧。

少聰前天分別去信橋橋，你和家妹。你與橋的彆扭我稍知一二，少聰正在為你做「通人」，她很嚴肅在做，在解釋，橋橋收到她的信該會寬心得多，你就不要亂煩惱了！我和家妹通信時也再三叮嚀她多陪橋談天解悶——她們兩人頗善，常常在一起，最近回內湖去，還在內湖見到返臺的洛夫哩。這個事你在愛荷華急也無用，少聰已經告訴我原因了，阿蔡之口就是「防口如防川」的口。永祥是可以交託為你勸解的人，你何不寫封信給永祥？家妹信上說橋見到永祥夫婦時常像見到親人般想傾訴，你最好和永祥打通。

你留下一年已成定局，我並不反對。我知道你現在和我一樣的用功一樣的忙，我相信會有收獲的。我不反對你以弄個學位為宗旨的讀法，但我勸你不要太「在意」。得固佳，不得亦可喜，反正讀了東西，將來一定有用。不要怕別人怎麼說，這一兩年你的收獲你是自己知道的。我很能體會你現在的心情，我支持你今天的做法——總而言之。

「愛荷華專輯」我主張快做。我贊成你的草案。但寫作譯作名單似乎可以加上白先勇一人。又書中偶然可以插進劉國松和莊喆的畫頁，你意下如何？大家湊錢，使臻於至善！我推你主其事，因爲你在其地，而且可幫忙的人（張默）多——不要擔心，有事我們大家都可以做。你幾時要發信給維廉、光中、文興、先勇等人？先勇地址如次：Kenneth Pai ××× Abrego Rd, #××× Goleta, Cal 我抄下供你必要時的參考。你的構想很好，我願極力加以推動。

好了，談《瘂弦詩存》了！從目錄上看來，這本書是絕對精采的。我贊成你把《詩抄》裡的東西統通收進去，你的理由很對，國人需要一本可以覆按收藏的瘂弦詩。你編輯體例亦佳，但我反對輯名下稱「卷之一」、「卷之二」而非「卷一」、「卷二」。「卷之一」是日文「卷の一」。查遍古代中國書沒有這個弄法。供你參考之辭耳。

我喜歡「詩存」這個十分發霉的名字。愁予有一個很精緻的心，他善於想書名、出詩題，爲他喝采！

序我答應寫。這序我要好好寫。但不知書幾時出版，你要我幾時交稿。情形如此：我六月初考希臘文，考前頗爲緊張，如你能讓我考完再寫，我可以洋灑得多。請速來信告知；如一定要我考前爲之，我也只好幹了。最近《文星》爲王文興出小說集，文興居然找我寫序，認爲我是天下最懂得他的小說的人，使我大爲迷惑。寫詩的人爲小說集寫序，荒唐之至。

我最近頗爲有詩，惜短耳。前天讀《望舒草》有感，又做了一首詩，高興極了！望舒甚好，我簡直要覺得他比聞一多好。我對聞詩興趣漸減。志摩還是好的。何其芳二十年來的詩糟透了！我有一個夢想，將來編一本《中國五十年（或六十年）詩選》，把五四以來的人都選在一起，可惜這個工作沒希望實現。我一旦編，就要成一家之言。這是我們讀書人的責任，你說得對，編書的人假使沒有態度，不如不編。

這封信寫長了。

家妹來信稱，《葉珊散文集》去年九月出版，到今年二月就出了三版，慚煞我也，臺灣的讀者也是喪心病狂。四年前你說：「你出本散文集，每個中學女生的書包裡都裝一本你的散文集」，這話恐怕就變成眞的了。

葉珊　一九六七・五・廿

一九六七・六・十二　柏克萊→愛荷華

瘂弦：

考完試放假才寫這個序；今天完成，大約三千餘字，希望不算太長。

《詩存》幾時出版，你的近作進行如何？不要爲了學位太拼命，實在是很划不來的，我已經疲倦於學位的追逐了。上封信你收到了罷？我本來要寄十元給張默，但到底該怎麼寄呢？我很急，一直到今天還沒寄，你看怎麼辦？

暑假我上暑期學校，不能做長途旅行了。你有甚麼計劃？

葉珊　一九六七．六．十二

少聰收到橋橋一信，信寫得極好極美，充滿幻想，可愛極了！但情緒不太穩定。

——又及

一九六七．九．六　柏克萊→愛荷華

瘂弦：

前後來數信均已收到，譯愛荷華美國詩人作品一事，我計劃在九月底前完成，相信可以如期。我暑期學校已結束，這個月是寫作休息的月份，應該可以多做點有意義的工作。

你 IIE 的事處理如何了？是不是眞要走歐回臺了？如眞有此議，盼無論如何來加州一遊，維廉不久也要來加——他要到聖地牙哥城教書了。你來時大家亦可聚聚。

你的學業成績顯然令人感動，這個成績一定花了你許多時間和精力，也難怪你沒寄詩來，寄了許多A來。如今既然不能做正式學生，不論留校與否，好好寫些詩罷，再不寫詩，讀者都要把你忘掉了，你的心情也不會太好，這是很嚴重的。我自然有些詩，而且時時在發表。有些作品我是喜歡的，有些不喜歡，這無妨。事實上，《水之湄》、《花季》、《燈船》只收了我十六歲以後三分之一的作品，有些散佚海內外，就因爲我不愛，這些只能等後世學者去搜集去編《集外集》了，非詩人之所能完全照顧者也。

我要寫許多論文，希望明年九月前可以出一本論文集《氣概與眞理》。這是我的寫作計劃。我們都要有計劃才行啊！我與維廉正在商議合力出版一本《艾略特集》，此書非出則已，一出必爲中國的艾略特標準本，要大型的，有力的。○○○等人胡扯艾略特，屆時必緘口而後已！

洛夫、羅門、愁予、方莘等人誰到愛荷華我皆不在乎，反正大家都是朋友，我也不覺得和哪一位特別親，我們抱定旁觀態度就是了，不必操心。大家拿詩出來比賽是最公平的比賽。張默要詩要譯文，我也許整理點寄去，但我不敢說。我許久未收到《創世紀》了，感覺上不十分好，寄詩也是十分勉強的。這個話兩年前維廉對我說過，我到今天才懂。兩年前我不懂，因你在臺灣，我收到你寄來的，而且我以爲「你」就是《創世紀》。現在不同了！

我們在柏克萊的生活是很亂很亂的，朋友間都有故事，每天總聽到一件新聞，有時大家合力營築一個老教授院子裡的瀑布，有時飲酒吵架。可惜暑假只剩一個月了。劉大任是性情中人，藍藍在時我們大玩了一陣，藍藍非常喜歡劉叔叔。週末我們又要出去露營了，劉叔叔說：「有藍藍在露營更有意思！」

寫信給橋橋時多說點好話。橋橋是那麼好的一個女孩。少聰說等橋橋病好了再來信無妨，教橋橋好好休息把身體養好。九月三日我與少聰結婚一週年矣。

葉珊　一九六七．九．六．

時年二十有七

今天是我二十七歲生日。你幾歲了？

《純文學》第八期。本期我有詩二首〈暗香十行〉及〈微辭〉。

關於三四十年代，我的鄉愁極深。藍藍在時，有一天我爲了觀念上的事與何炳棣先生（芝加哥大學歷史教授，中央研究院院士）大吵一架！

有一件事我們該做的，瘂弦，就是編一本《三、四十年代詩選》，如你有興趣，等你回臺後可以大搞一下，你如徵用我，我決效力。這是極有意義的。

九月六日時年二十有七

一九六七・十・廿四　柏克萊→愛荷華

瘂弦：

轉來張默剪報已收到。張默編書成癮，又要搞什麼英文《中國詩選》，我告訴他：出英文《中國詩選》可以，但必須有把握找一個夠格的英文校對，否則不如不搞。

開學後我讀書也忙。這學期選兩門課，一個是柏拉圖（希臘原文），一個是英文系的「詩論」，專弄十七、十八世紀的假古典主義，頗有興趣。這個週末唐文標院子菊花初放，他下柬邀我們柏克萊騷士前去飲酒賞菊吃螃蟹，除我與少聰，將有三十年代的陳世驤先生、劉大任及鄭清茂（譯《輓歌》、《輪唱》的學問家）等人。

你看我寫一個「螃」字寫了四種，可驚罷！在美國多呆幾年，不要說寫詩，連寫菜單都要出問題了。我已經非常煩倦，只想回臺灣。

你近來讀英文必有進步，來信談談用功情形，以慰遠念。詩有無？我九月以來成了一輯七首，另有一首四十餘行，頗自得。

橋橋給少聰來了一信，似乎很快樂很安定。家妹十月二十二日在花蓮與從德國回臺的徐佳銘君結婚。

洛夫寄了一冊《外外集》來，我讀過一遍，並不十分喜歡。「外外集」一輯是精采的，「劇場天使」便弄扭矣——說不定我也變成「假古典主義」了。你的《詩存》幾時出版？你應該有些「文藝活動」交代國人，否則就太疏遠了。目前你的計劃爲何？盼說來一聽。有赴歐打算否？

維廉下週可能來柏一聚。

葉珊　一九六七・十・廿四

《楊喚詩集》收到未？

二楞弦：

轉來張默剪報已收到。張默編書能手，又要搞什麼《英文中國詩選》。我告訴他：出《英文中國詩選》可以，但必須有把握找一個好的英文校對，否則不如不搞。

開學後我選了也很合適的兩門課，一門是「柏拉圖」（讀原文），一門是英文系的「詩論」，專研十七、十八世紀的假古典主義，讀起來有些興趣。這個週末唐文標院子菊花初放，他邀我們「柏克萊騎士」前去飲酒賞菊吃螃蟹，除我與水晶，尚有三十年代的陳世驤先生、劉大任及鄭清茂（譯「輓歌」、「輪唱」的那個家伙）等人。

你看我寫一個「蟹」字寫了四種，可發笑乎！主要因為來此幾年，不要說寫詩，連寫菜單都要出問題了。我已經非常疲倦，只想早回台灣。

你近來讀「英文」必有進步，來信談談用功情形，以慰遠念。詩有無？我九月以來，成了一輯七首，另有一首四十餘行，頗自得。

楊牧信中說[illegible]來了一信，似乎很快樂很安定。家妹十月二十二日在花蓮與[illegible]的徐佳銘君結婚。

洛夫寄了一冊外外集來，我讀過一遍，並不十分喜歡。「外外集」一輯可為精采的，「創世紀」天使便弄扭曲了一說不定我也變成假古典主義之了。你的詩發表時寄我？你若該有些「文藝活動」之類，代國人，否則就太疏遠了。因其你的計劃為何？明年讀完來一聽。有興趣打算否？維廉下週可能來林相一聚。

葉珊 一九六七 十・廿四

楊喚詩集收到未？

一九六七・十二・十八　柏克萊→愛荷華

瘂弦：

我把〈戰時〉這樣大致「斧」了一下，容有不敬之處，千萬請勿介意。我改的並不一定是我堅持的好樣子，只是我的意見而已。你自然通通可以將它改回你的原樣。

《我底記憶》收到。我一定要寫出一篇〈論戴望舒〉來。近日我又在大寫其詩，快樂（痛苦）無比。上學期我的「力作」是八首十四行詩，其中四首有了英譯，我已寄安格爾公。安公在舊金山時提到 Midland II，要我譯那些十四行，故我爲之，這是我離愛荷華以後首次重作馮婦，提筆譯自己的作品。

今晚葉維廉自聖・地亞哥來柏克萊，希望可以聊出些心腹話。我與維廉一直不算太「親」，總覺得有什麼芥蒂在，但我們從未吵過，所以我也不知道是什麼原因；也許詩風和做人的態度不同使然。他來加州以後，我們應該能多有些機會見面了解彼此。

你讀書太苦，詩都未寫，未免太划不來了。你在班上譯的都是舊作，爲什麼不寫新作品然後譯之？這豈不是兩全之道乎？沈臨彬來信要我譯他的詩，我實在沒有心情做中譯英的工作

（我頑固起來了，我急於爲中國讀者賣力，不願爲外國讀者做事，所以我願英譯中、德譯中，或甚至希臘譯中，但我不愛中譯英），我答應他至多只能碰碰運氣譯一首短的，他說你答應也爲他譯，是不是眞的？《創世紀》出英譯特輯，如無好校對人，也是枉然。

不多寫了。我要去接維廉了。

葉珊　一九六七．十二．十八

一九六八・十二・十三　柏克萊→內湖

瘂弦：

來信收到。所囑爲朱橋紀念文集撰文一事已辦妥。我寫完後決定先寄桑品載，在「人間」副刊發表後才入集，希望此事可行。我已告桑，儘速發表，發表後囑他寄一剪報給你，以便應用，但你如能注意《徵信新聞》剪下收錄更佳。我請他如「人間」不願發表便轉到內湖給你。我寄他的原因是近一年來我無一文以應他，而《徵信》報（即《中國時報》）不斷地送我，覺得有些不好意思。

朱橋過世事一週前舍妹來信曾提到，我大受震動，其時我正寫一訓詁論文，日夜縈繞，現重理記憶，心神甚爲不寧。我要說的話都在〈紀念朱橋〉文中說盡，文約千八百字，苦不能暢所欲言耳！現誰接編《幼文》？你來信說到寫旅美遊記，我已經久未收到《幼文》，所以一直沒看到，你可否將加州一段剪寄我一份？

我與愁予曾在長途電話上聊了一陣，年底或明春他將西來。尉天驄要出版我的卡謬事，我想暫緩再說，一來我所譯僅有限數萬字（而半年內不可能動筆續譯），二來我於出書毫無興趣。希望你轉告他，等來年我譯完全書再交給他印吧！

你抵國門後四月無音訊，使我很耽心，我本待寫信給你，後回頭一想，不若等你來信再說。橋橋心情似乎也好多了，希望你們和和諧諧地不出亂子。舍弟維邦在師大數學系，他說你曾到師大談現代詩，不知道余光中情形如何？我這一年來，文學情緒在最低潮，仙人掌出版社原要出我新詩集，我也擬以舊詩選集應之。明年五月大考後或能有些轉機；最近正與幾位朋友合作，擬譯些詩為西班牙文。

《深淵》出版時盼能寄我一冊。這幾個月我時時想到要改寫年前為你寫的跋文，苦無機會，現在只好算了。張默，洛夫編《詩論集》似乎未收我的文字，你如碰到他們可否囑他們將我寄去的照片退還給我？我現在覺得和國內種種都非常遙遠非常陌生，如果你有多餘的《創世紀》等能寄給我，我就非常感激了。你有幾本書在我處，過幾天我當包好給你寄去，順便買幾本雜誌送給你。來信。

橋橋好。少聰大概會給橋橋寫信。

葉珊　一九六八・十二・十三

一九六九・一・十二　柏克萊→內湖

瘂弦：

頃接元月七日信，陰雨如晦，我這學期忙極了，但急着寫信給你，是關於你接編《幼文》的事。我希望你能推掉這個工作。

並非我認爲辦雜誌沒意思，而是編《幼文》恐非你所宜——我怕你忙壞了自己。《幼文》如是季刊或無妨，但它是月刊，這種弄法會使它變成你的「職業」，那就不會太attractive了，希望你好好考慮。

如果此信到時你已接聘，我當然只有傾全力支持你。

愁予經洛杉磯回愛荷華，從洛寄了兩瓶日本清酒來，一送陳世驤先生，一送我。在美國寄酒是犯法的，他渾渾噩噩犯了法，但吉人天相，酒居然安全到達，也沒出事，而且已被我一口氣喝了半瓶，可謂僥倖。他在此住了一星期，大家聊得非常痛快——此地朋友都很喜歡他。我會勸他回臺時循歐而行。

《深淵》出版時快快寄我一冊。愁予的《窗外的女奴》大概印好了罷？我看了全部校樣，似乎比《夢土上》還過癮！我的《非渡集》全是舊作，乏善可陳。愁予來前我正寫一長詩，寫了兩百行被他打斷，如今只好擱下，專心讀書，此所謂「詩家不幸詩人幸」。我計劃寫四百行，這是整個一九六九年的大作業。今天我收到○○○信，諷刺了我一頓，朋友一場，如此尖刻，使我很是黯然。

《創世紀》我缺二十六、二十七期及二十八以後諸期，希望你找出來各寄一冊給我；以後新出的也請你按期寄我。聽說紀弦在《文壇》上捧了我〈韓愈〉詩幾句，你手頭如有，可否剪下給我？如果沒有就算了。

鍾鼎文先生星期五來柏克萊。我們少不得找些朋友聚聚談談。對鍾先生我倒是一向很尊敬的。看到○○○這麼霸道，我非常懷念覃子豪。

葉珊　一九六九．一．十二

許世旭要譯中國詩一事，我已請仙人掌出版社於《非渡集》出版時直接寄一冊給他。他要的「二寸半身」，我認爲生活照片好些，你處如有，先借他一張可好？我久不攝影矣！

愁予聊天說：「有一天我們都用詩人的名字爲街道命名……拐彎抹角的死胡同就叫做葉維廉路罷！」

我這個筆是唐文標送的，可冒充毛筆，愛不釋手。你如喜歡，我幫你寄些如何？

——又及

一九六九・四・？ 柏克萊→台北*

現在我正和愁予計劃暑間南遊的事，可能要花一個月的時間去駕駛。年事漸長，馬齒徒增，行樂須及時，老大徒傷悲。勉哉！勉哉！

四月號《幼獅文藝》收到。編得極好極好，爲你們喝采！趙子昂全幅彩色印刷當是年來少見的大派頭，値得大書特書。別人的文章我還沒讀，下次再說。我的詩印得這麼好看；配畫的可是商禽？很精彩，請爲我致意道謝。

我已對鄭清茂先生（說）了你們要請他寫文章的事，你們再寫封信給他罷！鄭先生的日本

＊此信錄自一九六九・五《幼獅文藝》三十卷五期（第一八五期）「作家書簡」，未見手書原件。

文、日本文學研究是今天海內外中國學人中有數的人物。《幼獅文藝》如果能得到他的文章，我以為是非常好的。

陳世驤先生答應有空為你們寫稿。他去年在加拿大開詩學會議當主席，在有 Robert Lowell 等巨公，現記錄已在加拿大雜誌印出來，我覺得可以整理譯成中文，附上些照片等等，也很不壞。目前我太忙，要做得等六月以後，如果你們能找到妥當的人，我可以先把雜誌影印一份航空寄你。不知道光中有沒有空。陳先生答應如記錄譯出（包括散文對話，羅渥爾詩三首，約四、五千字），他願在文前寫一前註。你們的意思如何？請告訴我。

寄新詩一首給《幼文》。延陵季子的故事請參考中華書局劉著《中國文學發展史》第六十七頁。我「詠史」的時候加了我的 interpretation，「謀殺」古人借古人的故事，澆我他鄉羈留的塊壘，如此而已。

一九六九・九・廿三　柏克萊→內湖

瘂弦：

昨天才發一信（內有給梁景峰使用的詩稿數份）給你，今天又接九月廿日來信。昨晚發了瘋，寫文章到天亮，爲王文興的小說觀辯護，這事文興還不知道，純粹是「士爲知己者死」的心情。*

我本來只要求林海音寄十份〈山洪〉送你保管，她寄了四十二冊，大概是弄錯了。你可否打個電話問她是不是也水路寄了大批給我，如果有，就只請你再以航空寄五份給我；如她沒寄水路給我，請你：①先航空寄我五份；②同時以水路寄我廿五份。

散文專號是十一月份？給我個截稿日期以便處理。底下是幾個你要的地址：

①張愛玲——

Mrs. Eileen C. Reyher
Center for Chinese Studies University of California
2168 Shattuck Ave.
Berkeley, California 94704

②李渝——

Miss Stella Lee

---

*該文即〈新文學的舊困擾〉，發表於《純文學》月刊一八五期，一九六九年十一月。

1793 Oxford Street, Apt. 1
Berkeley, California 94709

③許達然——

Mr. Wen-hsiung Hsu
××× S. Kenwood Ave. #109
Chicago, Illinois 60615

我不認得陳之藩。聶華苓一定知道，你何不問她？張愛玲處你最好自己寫信去，能「磨」出一篇散文來我一定向你喝采！

對了，你能不能幫我弄一部《覃子豪全集》？

葉珊　一九六九・九・廿三

我的老師徐復觀先生（字佛觀）從東海大學退休了，住在臺北；老人家心情可能寂寞些，身體極好，還在不停地寫作（寫《兩漢思想史》）。你如有時間方便（路過）可否去看看他，代我盡一點弟子之禮。徐先生的道德文章我們都是知道的，他最愛青年，你與他談話一定可學到此東西。他的地址是臺北市南京東路五段一二三巷八弄四十五號之二。徐師母也非常和藹可親，你不用怕生。

——又及

一九六九・十・十九　柏克萊→台北

瘂弦：

今晚在音樂會裡聽布拉姆斯鋼琴第一號，慘然自傷。我的〈山洪〉實在沒有寫好。今生今世不知道還有沒有勇氣重讀它，或重寫它？短期內不去想詩的問題了，我已經開始寫論文了。

十月號《幼文》已看到。陳先生十分高興，你放心好了，他了解你的苦衷。我完全同意你，他的文字風格實在和我們無法銜接，這不知道是怎麼一回事。他示意我請你水路多寄若干冊給他，你如方便就寄些去罷。商禽的訪問做得非常好，弄了好一個下午，現在愛荷華整理中，等他寫出來後，我找人到陳家照些生活照，並催請陳先生把舊照舊作收齊，複製了寄給你。這事的經過商禽當會告訴你。

王文興我是支持的。你要他稿子的事我已轉告他。他的現址如次：

Thomas W. H. Wang
101 Hodge Ave.
Buffalo, N. Y. 14222

國內罵他的人很多，但我支持他。十年之內我們將會看到這一代最嚴肅最大規模的小說家竟是到處挨罵的王文興。

徐佛觀先生已去香港新亞書院哲學系，可能到舊曆年才回臺北。

〈蛇的迴旋曲〉重登可以，但請登修訂稿（我上回寄你的便是）。如你處無修訂稿，只要把原《大學雜誌》稿第一行第二行標點如此更動一下即可：

> 虛弱，冰涼地從胸口游出，纏在
> 蠟燭台上。嘸然，我開始思索，思索

我一兩個月前寫了些詩，總不滿意。寫詩有時眞是很 depressing 的事，但願我可以不寫詩，只怕不寫詩也不好活了！

唉，多麼不快樂！

葉珊　一九六九・十・十九

不久前我應邀對美國學生講二十年來在臺灣的中國文學。我朗讀了你的〈鹽〉，紀弦的〈阿富羅底之死〉和愁予的〈船長的獨步〉，都是很受歡迎。這些學生都懂中文，他們最叫絕的是：

二嬤嬤壓根兒也沒見過退斯妥也夫斯基……一句！

一九六九・十一・廿六　柏克萊→永和

瘂弦：

今日感恩節。

我決定十二月二十六日到丹佛開會，並拜訪余光中，會期三天；卅一日續飛愛荷華城。碰巧在歲暮重訪舊地，可以套一句話說是「歲暮風雪夜歸人」。

我有一位朋友是紐約大學歷史系副教授，美國人，原在加州大學此地專攻中國歷史，得Ph.D。他現在臺北研究，來信表示非常希望和寫作的朋友見面，我想也許你願意與他見面，已擅作主張把你的地址（永和）抄給了他。你如方便，與他談談如何？他的名字地址如後：

Larry Schneider, Ph.D
羅斯福路三段 244 巷 9 衖 9-3

很久沒你的消息了，也不見《幼獅文藝》。《幼文》辦得很好，早已經超過從前的水準，也比《皇冠》好。苛刻如唐文標者也如此承認。

維廉有一天打電話邀我入「詩宗社」，我因爲不清楚「詩宗」龍脈，支吾了半天，如你知道，請告訴我。

九月以後即未寫詩。十一月間卻又寫了兩首。我可能明春夏之間再出一詩集，擬自費精印，請我弟弟維中做插畫（水墨抽象和版畫），限印五百冊。

葉珊　一九六九・十一・廿六

一九六九・十一・卅　柏克萊→永和

瘂弦：

剛寫了一封郵簡，收到「筆談」的信。我順手寫了些字，寄給你看看。你如果覺得這樣說不得罪人，就請發表；如果你覺得話裡有問題，千萬請你爲我裁奪，不發表也沒有關係。

我近日情緒極不穩定。二十九歲的人還說這種話，自是十分可恥的事。你們搬新家以後一切都好嗎？希望你有時間時好好寫一封詳細的信告訴我，我非常的關心。

我聖誕節後去 Denver 開會，同時可以見到余光中，開完會後卅一日去 Iowa City，這是「風雪夜歸人」了。我已經三年沒有看到雪了，想「雪」一如今日之汝。

你見到蔡伯武時，請告訴他，我已爲他訂購周文中的唱片，遲遲未寄是因爲唱片公司遲遲未寄給我的原因。

葉珊　一九六九・十一・卅

附錄：〈筆談〉*

「這一年內的文藝界」這個題目對我說來眞是非常困難的，空間的阻隔使我不但在材料上不得有週全的把握，甚至在美學上也容易產生偏差。以詩爲例，這一年的詩創作我讀到的是極其有限的，除了《幼獅文藝》、《純文學》、《現代文學》和《文學季刊》以外，我一直到前兩天才有機會看到若干冊過期的《葡萄園》詩刊，我對這個詩刊眞是充滿無限的敬愛。詩是最奇怪的東西，因爲它與我最近，也離我最遠。我是這個意思：當「詩」還維持它只爲詩而斤斤計較的時候，它是最使我心動的，但當你把它拿來做發脾氣或欺侮人的工具的時候，詩是最使我心煩的東西。譬如寫雜文，當你爲「文」而寫的時候，我爲群衆的「文」而支持你，但假如你爲「雜」而寫，我願爲社會的秩序來討厭你。

這一年內的詩創作，我最欽佩的是溫健騮的〈致阿保里奈〉，管管的〈刺青族〉，和一位署名艾廉的先生的作品（我記不清所有的詩題，但他每次發表的東西都使我歡喜）。管管是老朋友，俺不提他；溫，艾都是我不認得的。成名的詩人似乎都很落寞（除了俺的朋友管管），新名字又好像說不出什麼新話來，有些人甚至東抄西湊做集錦的工夫，沒意思得很。

這些話都是酒後衝口說的，你如果不當眞，我也不必當眞。

＊錄自一九七〇・一《幼獅文藝》三十二卷一期（第一九三期），未見原稿。

一九七〇・二・一　柏克萊→台北

瘂弦：

（我昨天才又從東部回來）

最近一個月之內我出門兩次到東部去，奔波雲月，又忙又累。我要請你原諒沒能寄散文給《幼文》。我實在沒有時間寫，這種生活你當還熟悉，不須我再解釋罷？

這半個月之內，我會決定秋後的去從，而離開柏克萊是確定了的。回臺事順延三兩年，屆時當去臺大。維廉已決定今夏回臺大，你應已有所知。

橋橋有喜，我們眞是興奮。願她好好休息，不要勞累。她如果特別需要甚麼東西，請告訴我們，我們給你寄去。

洛夫忽來一信，邀我入「詩宗」社，又邀我寫詩評文字給《文藝月刊》。入社事是不可能的，此生我絕不再入任何「社」，我要做獨立的詩人，寫稿本不難，但目前太忙，一切一切都要等以後再說，我尤其討厭寫詩論，因爲我不懂詩論。洛夫編詩論集，拿了我的材料又不編進去，現在叫我寫詩論，簡直是可笑的事情。

我東行曾二訪愛荷華城，大家都很懷念你。日譯現代詩的用費二八〇元可否請你代墊，匯給林煥彰君，以後在我的稿酬（《幼文》）上扣除。從美國寄太麻煩些。

葉珊

一九七〇・二・一

一九七〇・二・廿四　柏克萊→永和

瘂弦：

我受委託爲台北志文出版社主編一套叢書，叫「新潮叢書」，要找你支持。你可不可以整理整理你的「手記」之類的東西，集成一本書，參加這個叢書？（每書以卅二開本印刷，收十萬字。書出以前，出版社致酬一萬元，印數在一萬冊以上時，作者再行每本抽版稅10%，每半年結算一次。）

希望你想想看，整理整理看，出一本「無韻」的書也是很有意思的。請你回封信告訴我，好讓我擬你入書單。又：你如果知道有誰可以推薦的，請也告訴我。第一批書十本以內，不能印詩集，待有了市場以後，出版社答應間隔出詩集。你可否把管管的地址給我？他的散文應該也可以結集了。

·

另有一事託你幫忙，我月底要發一本劉大任的短篇小說集，稿子都齊了，只剩一篇〈刀之祭〉，這稿在尉天驄處（第十期《文季》廣告已列出），你可否打個電話或想任何辦法找到尉，請他弄一個〈刀之祭〉的複印給我使用？只要請他直接寄給出版社即可：

——台北市仁愛路三段二十四巷六號張清吉先生。

待大任此處稿到時，加進去便可付排。

又：尉原先通知劉大任要找仙人掌為他印書，大任嫌仙人掌⑴書不好看，⑵林秉欽拖拖拉拉不守信用（林還欠我《非渡集》的版稅），不擬給仙人掌出，你可否轉告尉天驄此意（大任已給尉去一信表示此意）。希望你再向尉強調一次，請他將大任的書從仙人掌取出，阻止進行（其實根本未嘗進行），否則鬧出雙包時，就太麻煩了。這事相當緊急，因為三月一日以前我要發稿了。

我現在同時做兩件事，寫學位論文，寫一本中文書；上下午如此分開，倒也十分規律，晚上則處理雜務，喝喝酒，只是酒友日稀，飲者寂寞矣。余光中三月初將西來，但余也是不飲的人。

葉珊　一九七〇・二・廿四

一九七〇・四・十二　柏克萊→台北

瘂弦：

我很感謝你把〈第十二信〉保存了這麼久，如果你不提不發表，我是根本已經忘了有這麼一篇文章。當然，「少作」重讀，臉紅多於得意，感慨是有的。散文專號編得非常出色。我看到沈臨彬是眞的進步了許多，你見到他時，請代我向他致意。沈前十年總在「摹」，這一篇開始，他已經找到了自己，這是十分可賀的。

三個月來，我除了寫學位論文，也在用散文和詩的綜合寫一本奇怪的書，大概再過半年可以寫完。再過半年，我就三十歲了，我希望這本書做爲我邁向三十歲的紀念，所以我很正經地在寫*。我已接受麻省大學（University of Massachusetts）之聘，今年九月開始東行，去任比較文學和中國文學的 assistant prof. 從此脫離二十餘年的學生生涯，這也是不能不有些感觸的，尤其是在外國開始「爲人師」，不能爲鄉梓做事，心裏還是有許多歉憾。我預定一九七二年回國教一年書。

新春《幼文》我一直沒看到。可否剪下筆談部分我的那幾行寄給我呢？

葉珊

一九七〇・四・十二

一九七〇・六・八　柏克萊→台北

瘂弦：

少聰已收到橋橋信，她正嘀咕着要寫信給橋。現有幾樁新事：

㈠白先勇要我主編一期《現代文學》，二十年現代詩的檢討，明年初出版，我已答應了下來。我希望你無論如何爲我寫一篇，長短不拘，談的問題廣泛、特殊皆可。此輯如無公文，將不成輯也。此事我也找了余光中，顏元叔，維廉，黃用，郭松棻，唐文標，正打算找尉天驄，白萩，洛夫，紀弦，方思，張健等輩，來一個混聲大合唱。我希望你把白萩和紀弦的地址給我。

㈡梅新寫信要出《葉珊書簡集》，我十分猶豫，想聽聽你的意見，如你以爲可，我或將可之；如以爲不好，我或將拒之；請給我一個「指示」。

㈢陳世驤先生及夫人定本月廿一日飛到台北松山機場，他希望在機場與你見面，要我轉告予你。他的時間機號等若次：

六月二十一日　TWA　NO.743　上午九點半到松山

葉珊　一九七〇・六・八

*即《年輪》。

一九七〇・六・卅　柏克萊→永和

瘂弦：

我有一位朋友 Thanasis Maskaleris 是舊金山州立學院的副教授（San Francisco State College），七月八日至十日帶了四十名美國學生到台北旅行。他們想認識國內的作家詩人，我只得又把你抬出來了。他們也許想找一個人爲他們講講中國詩或中國文學。你能幫他們嗎？

橋可能就是這幾天生產吧？如果你因此不能幫他，可否與顏元叔聯絡，並把顏介紹給 Maskaleris（希臘人，詩人），讓顏爲他們講中國文學。我來不及給顏寫信了，請你就近安排一下好嗎？這人的地址：

Ambassador Hotel
台北市中山北路二段63號
名字是 -- Professor Thanasis Maskaleris

在台時間：七月八日~七月十日

如果你忙，而顏又不肯，請你另外安排一個人亦可，例如羅門或洛夫都可以。但最好是你或顏。

葉珊　一九七〇・六・卅

一九七〇・十二・一　麻省→台北

瘂弦：白先勇委託我編一本現代詩選之類的東西，收集藝術上、學術上站得住腳的二十年以來的現代詩；所謂「學術上」，指「公平」的沒有詩派詩社成見的態度。我擬了一個初步的名單，得二十七人，另保留三個名額給我所不知道的新人（一九六四以後「崛起」的新人），請你給我些意見，尤其請提出新人名字給我參考。此名單請暫時保密，我目前只讓你和光中兩人看，別人不能過目也。

紀弦，覃子豪，方思，鄭愁予，林泠（or：吳望堯），

余光中，瘂弦，黃用，楊喚，商禽，
洛夫，管管，葉維廉，周夢蝶，溫健騮，
白萩，敻虹，方莘，羅門，戴天，
阮囊，葉珊，張默，蓉子，夏菁，
林亨泰，羊令野，

請你剔除或增入。我已寫信請夢蝶爲我收集一九六四以後出版的詩集，也請你爲我注意尋找。最好請你與他聯絡，找得越多越好。少聰寒假回臺省親，將與你和夢蝶聯絡，收到的書，她會郵寄給我，耗費也該由她墊上，才算公平。

維廉譯詩已出版，印得很考究，很好。

麻省將見大雪，去國六年餘，來者日以親。

葉珊

一九七〇・十二・一

一九七一・五・五　麻省→台北

瘂弦：

現在是春天，但新英格蘭居然是如此的多雨。就是午夜了，兀自在滂沱着。已經很久沒這麼晚睡了，近來煙抽得特別多，酒也喝得不少，詩並不怎麼樣。

我班上有個學生寫 term paper 寫你的詩，拿來和英詩傳統的 characterization 比較。學生很聰明，也許可以寫得好。如果寫得好，我當複印一份給你。

七月初我計劃搭包機回去省親兩個月，九月再來。秋仍在麻省，十二月底西遷西雅圖，執教於華盛頓大學（與施友忠先生同事，可就近請教也）。請你給我些意見。

葉珊　一九七一・五・五

一九七六・七・三　台北→台北

瘂弦：

此宜付八月號刊出也，請斟酌。*

八月號可否亦登出一洪範新書之廣告，比照灕美式樣亦可，但須向步榮取得郵撥號碼才有意義。如廣告須付錢，付之可也。

牧之　一九七六・七・三

其餘序跋我正積極推廣中。　又及

*指《林以亮詩話》序文在《幼獅文藝》刊載。

一九七六・九・三　西雅圖→台北

瘂弦：

兩信均收到。洪範新書尚未到，但相信指日可到，十分興奮。你的出國手續成未？來時請過西雅圖小駐「文旅」，我的電話：

家：三六五〇七四五

公：五四三四一六五

請與我連絡，或信或電，我來機場迎迓。千萬請來。威大遲到無妨，美國規矩如此，我不騙你。

姚一葦稿我們當然要，請速把握之。稿拿到時，請影印一份航空寄我（或帶給我），我閱之，以便寫簡介文字廣告辭。原稿可存步榮處。第二批除姚稿外，可有楊牧一本，另可能可有胡金銓一本，謝文孫一本，陳芳明一本。我想你的書目亦應納入。最好再找一本。無論如何湊成五本才好看也。（《朱湘集》如何？）

你如出國，我們必須使張力負更大的責任，編務才有依靠，此事請你與葉、沈二人商量決定，我完全照你們的決定便是。「乾股」或可不必，但委以「執行編輯」之職或許可以，如此，他便須「按時上班」，時不必多，但須按時。

牧　一九七六・九・三

一九七六・十・十　西雅圖→陌地生

瘂弦：

隨信寄上支票（銀行本票）一紙，請先取用。

在陌地生撐到明年九月，將來的生活和生命仍在台灣，這是一定的。我現亦在苦撐。獨居並不難，惟心中所思，時常沮喪，可是不久應可恢復，故亦不值得憂慮。我有時也想出門散散心，可是工作也忙，一時難做打算。

我今天已寫信給步榮，暫不增資，逕行貸款再說。我也把第二批書的計劃寫給了他。希望你能在本月底前把朱湘和劉紹銘的稿寄來我處。爲朱湘集，請你千萬寫一「編輯後記」或「校訂跋」之類的東西，表示洪範不是抓到東西就印的書店。

你要譯的詩論，我手頭無書，想不起來。（我書都在學校辦公室，公寓空空如也）。但里爾克有《給青年詩人的信》（Rilke: Letters to a Young Poet）有英譯本，我覺得値得中譯。中譯可得約三、四萬字，將來出一本精緻的書，也是你今年「遊美」的良好紀念品，不知以爲然否？書可請劉紹銘或薇薇（她懂法文）代你去找，薄薄的，不貴。希望你能放手做這個工作，除了學分以外，更有其積極的文學貢獻。

我近日想譯一本書，擬譯但丁的《新生》（La Vita Nuova）。紀德說每一個懂外語的人都應該爲他的國人譯一本書，至少一本。我也應該做了。

《詩學》尙未收到。你處如有，請先把我的詩影印一份寄我，我須用。

牧　一九七六・十・十

C. H. Wang
Asian Languages
& Literature
UNIVERSITY OF WASHINGTON
SEATTLE, WASHINGTON 98195

SEATTLE
PM
11 OCT
1976

Mr. Ching-lin Wang (王[illegible]
Dept. East Asian Languages & Liter
Van Hise Hall
The University of Wisconsin
Madison, Wisconsin 53706

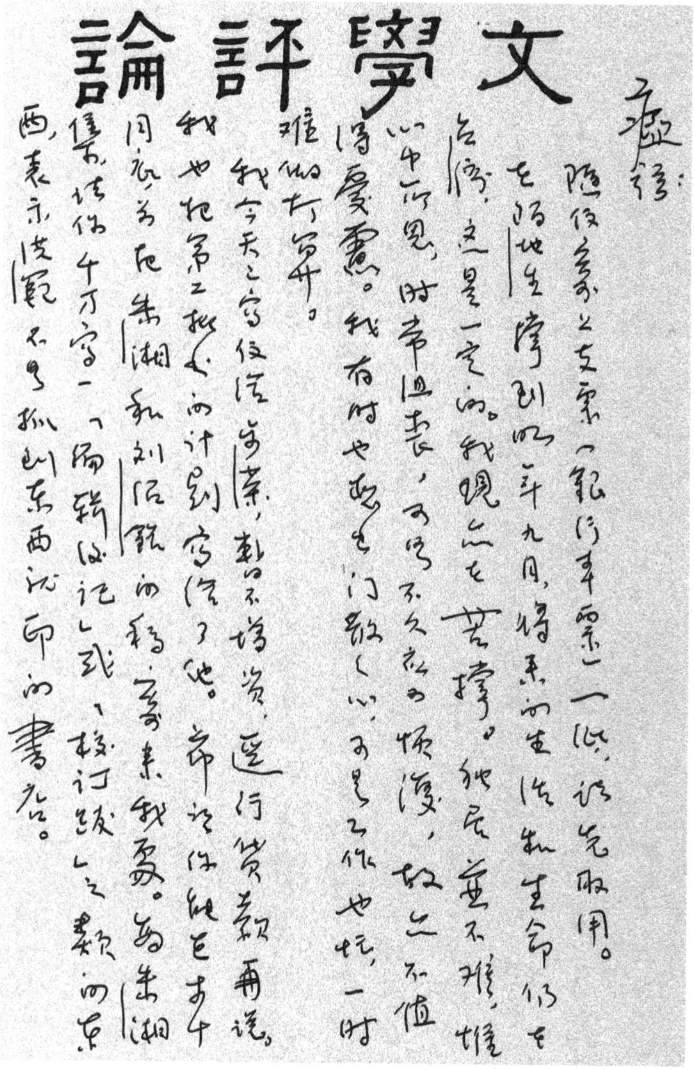

文學評論

瘂弦：

隨便寫點文字〈記行年票〉一紙，請先取用。老的地步學到明年九月，將來的生活和生命仍在台灣，這是一定的。我現在在苦撐。彼岸並不難，難以中何思，時常回憶，可說不久就可恢復，故亦不值得憂慮。我有時也想念門徒，心，可是不作也好，一時難做打算。

我今天已寫信給蔡，想不增資，匯付貸款再說。我也把第二批出的計劃寫信了他。節該條紙在本年同我為在朱湘和劉信語的稿，寄來我處。為朱湘集子請你千萬寫一「編後記」或「校訂說」之類的東西，表示從頭不是抓到東西就印的書店。

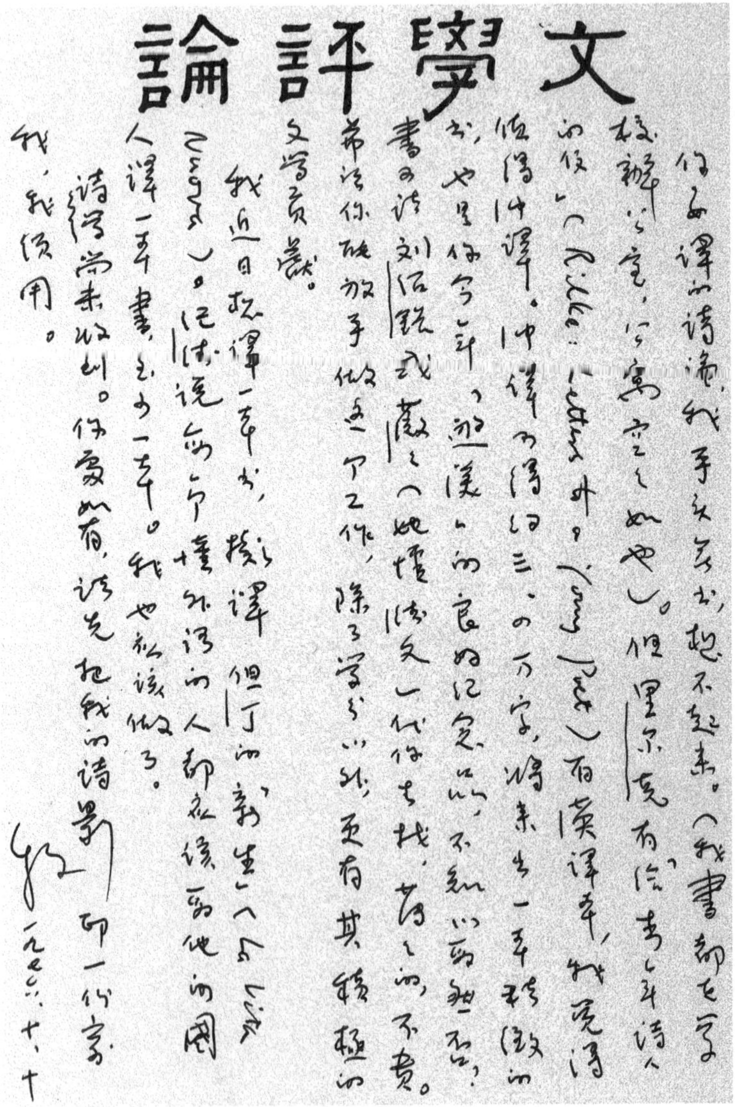

文學評論

你要譯的詩論，我手頭無存書，想不起來。（我書都在學校辦公室，空空如也）。但里爾克有給青年詩人的信（Rilke: Letters to a Young Poet）有英譯本，我覺得值得中譯。中譯可得約三、四萬字，將來出一本精緻的書，也是你今年一個很好的紀念品，不知以為然否？書的話劉紹銘或藏之（她懂德文）一代你去找，若是的，不貴。希望你能放手做點工作，除了學術以外，更有其積極的文學貢獻。

我近日在譯一本書，擬譯但丁的新生（La Vita Nuova）。記得說過介紹外詩的人都應該為他的國人譯一本書，至少一本。我也應該做了。

詩得常來收到。你要如有，請先把我的詩稿印一份寄我，我須用。

一九七六.十.十

一九七六・十一・十　西雅圖→陌地生

瘂弦：

今日接來信。陳芳明一封亦已轉交。請勿慮。陳芳明會寫信給你，談新詩總目之事。與東亞圖書館合出，如果只要他們掛名不難；如果這樣可以有政治上的保護作用，爲之亦可。我今天與該館館長談，本來目的是要他們斥資贊助，但斥資可能不易得，在這種情形下要他們掛名合出嗎？請你考慮後告訴我，尤其考慮政治保護一項，你的決定如何，我便去辦。（他們掛名，不出錢，書仍歸瘂弦一人與洪範公司）。

陳芳明他們亦在搞書目（只有別集一項，比你範圍小），他且挑了你不少「錯誤」，故請你與他密切連繫。他可提供你資料改進，但我意以爲爲此書你花了多年工夫，不宜與人「合編」，好歹都是你的。你接受陳芳明的意見並改進之後，我們可早日把書印出來，將來他們有進一步的發現，他們可以另出一別集精目，算是他們的功勞。此意是我縝密考慮後的結論，請你想想。

以下講劉紹銘《二殘漫記》

㈠如果原來那些遊記有八萬字，已經可以了，加上我的殘三戲作，便有九萬字，足矣。（一本書有八萬字左右便不難看）。我個人不希望他納入論王文興和白先勇之文，因爲性質相去太遠。但如果字數上出問題，是不得已，也只好如此。請你問問他，當下做個決定，稿齊時，請他①寫一序或跋，②提供「作者簡介」資料——交你擲下給我。請在十一月十日以前連朱湘全稿并跋一并寄到此。

（若遊記類二有七、八萬字，他論王、白之文，可以另與論陳若曦等人之文出一書。請你先約他，豈不甚好？下批便可出版也。）

㈡爲節省時間，我不寄殘三戲作給你了。你編好全稿寄來，我再行納入，一并航空寄台灣。

㈢三千本版稅待書稿到台北，便可支他，並簽約。現請你技巧地問他到底該拿百分之十或百分之十五的版稅。原「四季」公司付他多少，請你旁敲而側擊之，並且來信告訴我。（你當然也不須開口就說我們要比照「四季」。總之，技巧爲之）。

我現在西雅圖只有兩本《年輪》，一本在少聰那裏，故要等我自台灣弄到，才能送給劉紹銘。

你編朱湘的編輯費之事，我正在和葉步榮商量，讓他和燕士在台北做個決定，你也不必一定不取。也許可以想一個「記帳」的方式，讓書店渡過此草創時期，慢慢發達起來，再行支領。

牧之　一九七六・十一・十

顏元叔十一月二十二日來華大演講，轉加州歸台。我很想寒假回去看看父母親（也看看小女朋友們），可是大概不可能。如果你寒假能坐個灰狗來都好！你如不怕累，肯坐灰狗，我先寄車費給你，好不好？來此便可住我處，喝些酒再說。　又及

我再想，你寒假來是好的，因爲有底下幾個優點：①可以避中西部之寒；②你若寒假不來，我們今年鮮有可能碰面，因爲明年我想六月底即返台灣，那時暑假剛開始。③寒假時正是第二批書最忙的時候，我們聚頭好商議也。並可籌劃第三批書之編集。④你來此住幾天，我們可開車下加州去玩玩，看看我的老巢，並去爲陳公掃墓。　又又及

一九七六・十一・十八　西雅圖→陌地生

瘂弦：

今天通過電話後，我還是又寫了一信給步榮，所言當與你對張力所言相同，不會有誤。我要他把劉原爲《漫記》所寫之後記寄還給你，你可請他重寫，寫完直寄台北即可。二書（《戲劇與小說》及《三殘遊記第二集》）之作者簡介及廣告，由我處理，請勿慮。

現在這樣的書單較佳。否則評論太多。

朱湘稿壓存我處，下次可以上。我已請梁先生*寫序，也祇好壓存之。柳無忌我不認識，無法拜託，你如能透過周公**去請，可能辦到。稿到心安，以後隨時可用也。

你的書目無論如何第三批應該上了。我建議你加緊弄弄。反正你的書並不是目錄學，乃是代表一個詩人的歷史癖，不「完備」亦非大過，反正是詩人性格之反映第一，資料第二，圖書館學第三。如此則何患之有？

你寒假不能來，殊爲失望。如此，我可能到紐約去，或甚至回台灣去。你信裏說你「已四十五歲，眼看就是五十歲的老人了」，把我嚇了一跳！好像沒這麼老吧！

劉紹銘的錢，我本想就寄，可是考慮到該二書的處理還不清楚，覺得不太想寄，因爲不符手續。請你先支吾一下。等二書完全弄清楚時，我們當設法一次奉上每書三百元，共六百元之首版版稅也。

顏元叔二十一號來此轉台灣。又：金銓和鍾玲二十日在紐約訂婚——這幾年朋友間喜訊太少，有此喜訊，使我也爲之高興不已。

牧之　一九七六・十一・十八

* 梁實秋先生。

** 周策縱先生。

一九七七・一・十五　西雅圖→陌地生

瘂弦：

鼓動紀弦寫一回憶錄是好主意。此老筆下甚快，寫個七、八萬字東西，應不難。文字以外，加些插頁圖片之類的東西，可成一好書也。請你得便先對他提，我一、二星期後亦將寫信去。

我心目中之「洪範大系」包括三類書籍：㈠文學以外的各種科目；㈡各種翻譯品；㈢舊書新刊（包括文學之新刊，如《葉珊散文集》，復如朱湘、戴望舒之書籍）。這一套書可使「本公司」的觸及面擴大，有旋轉之餘地，甚至可因此印些能賺錢的書，以其「水準」可以有參差的現象來發生。因此，我們二人都不必在書前書後掛名主編，以維持我人之令譽。

朱湘的散文已帶回台灣，一切齊全，祇欠你的校後跋及柳無忌之序文，此二種可否請於三月初旬以前寄來？

葉維廉的稿子寄你處未？念念。

吳魯芹似是無稿，可先請回他信，預約一下就行了，不必逼他。可等他有二分之一或三分之一新稿時，出個散文集。他在台北報紙發表的幾篇文章，頗令教育界不快，所以我們可拖一下，避過這個鋒頭。

我現在最起勁的是你自己的書。如果「書目」一時不能出，「史料掇拾」附詩選應即可出，請你迅速編集，也在三月十日以前寄我。現在時機如此，我們二人都必須上了。此書如願分上、下二冊（或第一、第二冊）亦佳，將來可以有第三、第四……冊也。你須寫序言才行。此書一定可以暢銷也。洪範亟須來幾本暢銷書才行，也可以鼓舞步榮的情緒。

請催促劉紹銘速校其稿速寄台北，否則會影響我們第二批書的作業。又：周策縱先生處能不能邀一本書？若是新書則入「文學叢書」；重刊之物、翻譯之類，則入「大系」。弄一本試試如何？現在我們有雙軌可循，應該更輕鬆自如也。

牧之　一九七七・一・十五

橋橋的心情似乎對周康美說了不少，你問康美可知。她和小米的生活你不必擔心，永祥、燕士、步榮會隨時注意。

我明年的計劃不定。近來仍忐忑如故。

一九七七・二・六　西雅圖→陌地生

瘂弦：

我贊成你同時推出《戴望舒卷》和朱湘的書（散文）。戴稿弄清楚後，寄來我處，朱湘書的柳序和你的跋，亦請同時寄來。我收到後，航轉台北。此二書可入「大系」，另可能有徐復觀先生一書，及我的《葉珊散文集》亦入大系。我是想，凡與「文學叢書」性質不太相合的，均「掃」入大系，舉凡非文學的、翻譯的，以及「舊書新刊」（如前引戴、朱、葉三種），均入大系。你我不在大系掛名，祇在叢書掛名。

你這二書請在二月底寄到，步榮主張三月中發稿，五月底以前出書，然後大家休息一個夏天，「洪範放假」，到九月以後再推出第四批。

步榮要我寄這份「損益表」給你看。

第二批書正在預約中，二月十日出版。

教書的事，我幫你留意看看。教語言和教文學的是兩行，我也不太熟悉，但我可以問問看。你把橋橋接出來一年，應是好主意。但如橋橋接不出來，我也主張你暑假就回台灣去，因為我知道她情緒極不安定。我可能也在六月中旬回台灣去一趟，也許回去一個月就來，也許回一個暑假，甚至更長。此事要等三月間才明朗。

高勝勇二月十二日來此。

牧之　一九七七・二・六

方思地址：

Mr. Theodore Huang,
××× Cumberland Ave.,
Teaneck, N. J. 07666

一九七七・二・廿二　西雅圖→陌地生

瘂弦：

今接來信，我同意你的看法，應由步榮直接去信劉紹銘，你我不如置身度外，靜觀其變。我上次寫信時過份衝動，很抱歉。

沈燕士已到金山，星期五（廿五日）攜妻北來，洪範之事可更清楚。第二批五書我已收到。封面太花，而且死板，祇能打乙下的等第。我想底下十本應有一變，以新人耳目。我請步榮與維中聯絡，看能不能由他設計十本。我想維中有其才份，方法亦不難學，故有此議，不知你以爲如何？

我想以後「大系」封面以素雅古典爲原則。「文學叢書」則採試驗性的前衛作風。

柳無忌先生之序朱湘稿，迄今未收到。我有些憂心。相信你處有底稿。

第三批書（即「洪範放假」前之五本），我想如此：

一、洪範大系：

01001　徐復觀：《原史》（我尚未獲徐先生首肯）。

01002　朱　湘：《朱湘散文集》，（我覺得「遺稿」一辭不對，因爲這不是未刊之稿。當然，題目尚可斟酌）。

01003　林耀福：《詩與社會 —— 當代美國詩研究》他研究 Ginsberg, Snyder, and Ferlinghetti 三人。

01004　楊　牧：《葉珊散文集》。

二、洪範文學叢書：

02011　顏元叔：《離台百日》（現在「華副」連載）。

文學叢書方面可能性尚有：①葉維廉之論文（他迄無消息，已欠我二信，我懷疑此事亦可休矣；我對此公亦頗煩厭）；②渡也的散文（我相當喜歡他的散文，見「聯副」；惟此事亦未定）。③把林耀福的書移置文學叢書爲02011，改顏書爲02012。

我曾寫信給高克毅拉稿，尚無消息。謝文孫（江南書生）亦無消息。愁予如此懶洋洋，我已相當失望，無興趣再勸他了。最近我想問問陳若曦。我還想問問哈佛的楊聯陞先生，拉一本書到「大系」中；台大的張忠棟（美國歷史），也拉本書來參加「大系」；新亞的袁鶴翔亦一可能。不知你以爲如何？

橋橋的事好不好辦？我爲你問了些關於教中文的事，並無頭緒。人一到中年，舉目盡是令人煩心的事，這是可以了解的，希望你凡事小心留意，不要出亂子。我已經非常亂，不希望朋友也陪著煩惱。老實說，我主張你仍是回台灣去，那是比較進取的生涯；像愁予那樣的日子，我覺得相當不佳。軍隊裏有軍官和士官，學校裏也有相類的。像劉紹銘、李歐梵是軍官，像〇〇〇、〇〇〇，甚至〇〇〇都是士官「老士官」，沒甚麼搞頭的。

牧　一九七七・二・廿二

一九七七・四・十　西雅圖→陌地生

瘂弦：

來信收到。數事條陳於後：

㈠步榮有信來謂洪範新書銷路大佳，帶動舊書亦大佳，非常高興，故亦報喜給你。我們以誠實作風「做生意」，聲名一定會傳出去，一定會成功。

㈡步榮在等你的朱湘「跋」，請快。你寫好寄來給我，如你不在乎，我可動手增刪幾個字。但你得快。他要五月中旬出書也。（第三批即定此三本）。

㈢第四批決定在八月中出書，創業一週年，故必須至少出五本，聲勢才大。我列的各種書單如下：⑭葉維廉（論評），⑮林耀福（論評），⑯黃維樑（論評），⑰瘂弦：《戴望舒卷》，⑱江南書生：《劍俠李白》，⑲許達然（散文），⑳朱湘：《海外寄霓君》。

以上七書中，必須有五本。

爲了八月中能出，我們必須要求五月三十一日爲截稿日。故請你通知黃維樑和許達然，要求他們五月三十一日寄到你處。黃的書十六、七萬字可能太長，請你與他商量一下，先編一本十至十二萬字的八月出版，餘稿下次再編一本，陸續出書如何？許書有八萬字亦足矣！

其餘諸君子，由我去通知截稿日期。但我有預感可能大部份人辦不到，故你的《戴望舒卷》一定要上，這是我的「哀的美敦書」，不容你再宕延了。此稿想已完成，請於日內先寄來我處，由我轉台北。你的霓君書亦請隨時待命，以防萬一。重要重要！

㈣再說一遍，第四批書必須出五本，截稿日期爲五月卅一。一定要你出《戴望舒卷》，其餘書稿由你我分頭去追……這個「創業週年」作業很艱巨，史稱「五行演習」（陰陽五行的觀念見於《尙書》〈洪範〉篇），祇許成功，不許失敗，你我其共勉之。

牧之　一九七七・四・十

又：

㈠步榮將寄朱湘末校請你處理。他預定四月中寄到你處，並希望你四月底前寄返台北。對了，你處當有柳先生之序朱湘稿，請你改改當改之處，時機成熟時（出書前兩週之內）寄《聯合報》馬各或作錦，附之以一函，要求刊登。此書交你全權去弄了，好不好？此事重要，我預言，序之刊與否關係其銷路甚大。

㈡顏元叔要我寫序，故我要忙一陣子。我要就其末校稿更動他一些地方。我自己為《葉珊散文集》寫了一篇六千字長序，將送《時報》。

㈢周公有甚麼稿子？請告訴我，我們先弄他一本「可讀性」較高的先出。

㈣對了，對了，我們出一本《林泠集》如何？詩、散文（李蕣？）一起來，你去約她五月卅一日交稿如何？必要時我也寫個〈林泠傳奇〉之類的附之（但不要對她提，因為我可能寫不出來）。我想先出林泠，以後再考慮方思。

㈤橋橋手續如何了？你的計劃如何？

一九七七・四・廿二　西雅圖→陌地生

瘂弦：

我希望你五月底或六月間一定來此聊聊。時間配合得好的話，開車到島上去玩玩，或到加拿大看陳若曦去。暑假我大概不返台灣。以令謠傳平息。我很喜歡你決定去接「聯副」之事。從前你說近來副刊儘是小朋友在編，無孫伏園時代氣象——其實恢復孫伏園時代氣象，若非我人勇以任之，自然更無可能。總統蔣公說：「青年創造時代」，誠然！我們這些中年、老年也可以創造時代的。

顏元叔的《離台百日》我迄未收到未校稿，故刪增之事也許無望。步榮在趕工，如出書前不能寄來，我亦不怪他，他實在太累了。顏是有頭有臉的人，文責大可自負，我不怕知識界如何攻他。他本要我寫序，我不讀全稿，終將無從寫起，最後也衹有算了。（前幾天我寫信給步榮，亦提到你我同意朱湘書改題《朱湘文選》，如此當無虞矣）。這次出三本書，夏天以後出五本以上，則我們週年慶的時候，有將近二十本，成績不惡了！

洪範的書印得比別人好，付酬光明正大，前途一定有可爲，想起來這眞是人生的樂事。以下還是「條陳」：

㈠柳先生序朱湘之稿，千萬在五月一號的樣子寄馬各；我爲《散文集》自寫新序擬寄《時報》，以廣招徠也。步榮說這三本書要在五月中旬推出。

㈡黃維樑、許達然稿希望五月卅一日可到我處。達然稿不足，但散文集不必過厚，請曉之以「大義」，來信並請把他的地址和電話抄給我，以便我與他糾纏。維樑的書也希望有十二萬字足矣，我想草一信寄他，以表熱誠邀約之意。

㈢葉維廉又告杳然，毫無音訊，我也拿他沒辦法。江南書生的稿不太可能在五月底弄出。我會催他們。林耀福也失去了聯絡。

㈣葉慶炳答應了一書，我已請步榮去台大取稿。渡也的稿未到，到了以後我要細校之，行就出，不行就退。

㈤《望舒卷》和《霓君》尚未收到，請儘速寄來。

㈥林泠出一集是快事，希望她會答允。方思倒可不急。你到愁予家時，磨磨他，如能磨出甚麼稿子來最佳，但我對此公的辦事已喪失信心。

㈦傅×先（孝？述？）的書也可以要，你請他整理整理，也在五月底寄來如何，請他也寫「自序」，並附履歷。周公的對聯書無甚意義，我想不要出，另外注意他有無其他的東西。你到香港時亦請磨磨胡菊人、余光中、和林以亮（余、林二人我又去信約過新書）。

㈧張系國的雜文集可以出，他的醒石小說更可以出，釣魚台小說亦可以出，我當也寫一信去約，你得便亦請抓住他。近來我除寫過信約余光中、林以亮之外，也約了林文月和羅青，又委請高勝勇寫一本《結構主義導論》。高勝勇也是慢人，一年之內不可能完成，但我會逼他。

牧之　一九七七．四．廿二

一九七七・四・廿八　西雅圖→陌地生

瘂弦：

今天收到四月廿五日來信。張系國雜文（擬改為《張系國隨筆》）、《霓君》和《望舒卷》稿尚未到，但過幾天一定會安全到達無虞也。這些日子心情悒悒，春天在此，一切還是蕭瑟，心蕭瑟則一切都蕭瑟矣。蔡文甫不知道那裏來的消息，在《華副》上放「藝文短笛」，說我要回台接「某大學」外文系主任，使我不勝困擾之至！

暑假我下了決心不回去。

前幾天接張系國信，始知他前一陣子搬出去獨居，「頓覺過去十年是白活」，難道他和芷秋也出事？他們有小女兒，更該忍耐才是。

你五月廿日考試，祇餘三個星期，緊張可見。《朱湘文選》之末校想已到陌，你大致看看，不要花太多時間，我們信得過台北留守諸君子。步榮要五月二十五日出書，所以你時間上要為他把握，早日寄回給他，免得他太狼狽。為出新書，他要請假十天。柳無忌先生之序文想已寄馬各，若未寄，宜即刻寄。此物極重要也。

林泠的書如能拿到稿子，我當仔細研讀，寫一「傳奇」。她是我敬愛的詩人。你從容爲之，請林泠自己問羅行或葉泥要爲上策，不要弄砸了。（其實你回憶一下，說不定你也有她全部的資料，如此則可以不求人矣！）

我今天已給許達然寫了信，我對他說七、八萬字足矣。今天收到黃維樑信，並已回信，提了許多意見。我要求他們兩位都在五月卅一日以前寄到。第四批除許、黃以外，葉慶炳有一書，正在與我談細目之中，無問題。渡也會把稿子寄來。咱們看了稿子再說。以上這些（張系國、朱湘、望舒、許達然、黃維樑、葉慶炳、渡也）如果全放在第四批，步榮會高興——他要七、八本——祇可惜沒有小說，沒有詩集（望舒算是一本），而多是評論和散文。我們是應該找好小說來印才是。

我已經把顏《離台百日》細校了一遍，改動了幾個地方，但大致存眞不改。我一口氣讀完，覺得此書不壞——憑良心講，比二殘的遊記好得多。我改的地方都是爲了沖淡「出賣私生活」的色彩之處。元叔要生氣，也會措手不及。不管他了。

牧之　一九七七・四・廿八

你考完試後是不是一定要去美東？我倒希望你考完了就坐車到西雅圖來，美東不玩也罷了。你來此多住些時候，我現在有兩張床了，可以住得舒服。同時把《新詩總目》的事弄一個頭緒，豈不亦好？不過你若美東有事，也無可奈何。有事來不及寫信時，打 Collect 電話來。

高勝勇（辛甬）：MR. Karl S. Y. Kao, ××× East Olive, Seattle, Wa 98122

一九七七・十一・一　西雅圖→台北

瘂弦：

知你到聯合報上班，大爲寬慰。前天爲此寫了一篇散文稿，表示「支持」。刊出時請寄一張國內版的剪報給我，以利保存也。（此稿盼早見報，如此則我序楊澤詩集之文如能在聯副登出，當中有一段時間空白，不致於時常名字見報。近來怕見報）。

洪範稿源應仍以國內爲主，國外爲副。你有機會盼多拉些稿——你決定之後，讓我知道情形即可；我不會有疑問的。步榮在計劃我們自己發行之事，這是我們步入正軌的重要一著，希望能夠如願。

牧之　一九七七・十一・一

張力對洪範熟悉，又與步榮處得好，不宜調他處。如果你眞找助理，我再一次推薦楊澤給你。

——又及

一九七八・一・九　西雅圖→台北

瘂弦：

家信*已爲你發出，請勿慮。贈送各方之物也已分送。劉半農之書不知收到未？願《文選》可以編出。

寄上新詩一首給「聯副」，希望能儘快發排，有其情緒上之時間性故也。我更希望能以較顯著之地位刊出，至少詩行千萬不要折斷；又，詩末之時間年代盼能刊出，理由同上。

我旅行疲倦，精神尚未完全恢復，又忙於工作，情形並不佳。近年來事事不如意，何時能有起色，眞不敢去想。人到中年，畢竟問題多多，可悲可哀也。

牧之　一九七八・一・九

* 指大陸家書，當年兩岸間禁通信。

請轉告步榮，《北斗行》末校越快寄來越好；末校請多打一份，送王文興，以便他爲我寫序之用。又：也斯之生平經歷著作資料亦請早日寄來，我可寫作者介紹也。

一九七八・一・廿六　西雅圖→台北

瘂弦：

〈向遠古〉發表時，請寄我剪報一份，另請寄副刊剪報一份至下址：

台北市敦化南路×××巷××大廈6A

郭譽玢小姐

多謝。又：月來讀副刊，覺詩選水準不甚佳，老「名家」之作尤其尷尬，不知你有無良策，我意以爲詩選以先登新人佳作爲原則，且不應一直衹登短詩，以免有志寫作投稿者之心胸受了限制也——如今我們眞爲青年「表率」，文學上的小決策往往影響他們至深。光中、夏菁、童山、青山之流早年在「中副」之所以永無好詩以突破，便是受副刊詩選格局所限。你們應偶爾登些稍長之好詩，甘冒不韙才是。

牧之上　一九七八・一・廿六

陳鼓應爲何點著要罵我？是否因爲我說他是「般門敗類」之故？我覺心煩。又，信封是我自己剪開又封的，並不是檢查所致。

一九七八・二・四　西雅圖→台北

瘂弦：

前幾天陳若曦來，自動向我提到在「聯副」所寫之雜憶〈照片〉，她說她並無意把這些雜憶放入《老人》給聯經，更不知你爲何在文末加上那注。我猜她不願被「專賣」。我雖未接口說請她把雜憶系列給洪範，但心中亦望此系列給洪範，所以你是否可以與她說一聲，使她答應給我們——我也會與她說一聲。此事應是大事也。

牧之　一九七八・二・四

剛才給若曦打了一個電話，提了雜憶文章之事，她說「會記住你們的邀請」，而且本也無意一定給聯經，所以請你再與她打一個招呼，而且以後不要注上是要給聯經的那些字眼。

若曦更提到你改動她的文章改得太多，比馬各還「小心」翼翼，她有些不愉。我近來也覺得「聯副」相當保守。比馬各時代更保守。我自己有些悵惘，這是實話，不怕對你說。月前讀《聯合報》上陶百川先生論時政，他特別提到吾人不應過份的「自我檢查」，我眞爲此老先生之偉大心懷所感動，我願請你也想想這一點。此生能做的使社會進步的事，我們都有責任去做；更怎能在這種抱負上瞠乎陶老先生之後？光風霽月，與你共勉。

若曦的夫婿段世堯博士亦有文采。月前他曾提到有機會也願提筆。你如有意，可向他拉稿。稿齊成書後，亦應入洪範，才是道理也。　又及

一九七八・二・十　西雅圖→台北

瘂弦：

寄上詩一首，發表時請保留詩後日期。刊出之日之副刊請亦寄一份給郭譽玢小姐（台北市敦化南路×××巷××大廈6A）。謝謝。

燕士、玫兒喜得一男。燕士過幾天來此即轉返臺灣。新書出版期間，你和步榮一定好忙，未能分憂，頗覺不安。

來信收到。軍中作家朋友仍應照顧，我並不是反對用他們的稿。惟一切是該以眞水準爲水準，這點你當然在做。馬逢華處已轉達意見，他應有信給你。

牧之　一九七八・二・十

一九七八・二・十八　西雅圖→台北

瘂弦：

此稿由〇〇〇寄來美。我頗爲難。

我和這些大學生很熟，斷然拒絕，於心頗不忍，但此稿在B+的程度，並未趨最上，故也不覺應向你推薦。

他是希望洪範能出。我希望你看一看，如果你覺能出就出（買斷版權）；不能出的話，由書店出面（葉步榮）以經費不足的藉口逕退之亦可。

牧之　一九七八・二・十八

〇〇〇給我的信亦附此，供參考。看完後可逕行扔去。　又及

一九七八・三・廿八　西雅圖→台北

瘂弦：

洪範新書四本一定把你和步榮累垮了。人在海外，欲振乏力，很覺不安。前幾天在加拿大打電話給步榮，知道預約情形不惡，頗以為慰。為書店買房子之事，我絕對贊成，一定設法拿錢出來為之。我們心在洪範，有生之年總算是一件寄托，一定得拼命去做好。

八月出書之事，我心中有此計劃，寫下請你裁奪之。第一是要將勞榦之書編出來。如果勞先生文都在《文學雜誌》，影印當不難，何妨請張力為之？第二是許達然之散文集，此書由我催之。短期之內應可知其有無。第三是林文月之隨筆散文，此事我一時不便相催，請你去一信或打一電話問她。如果她堅持不行，請勿相逼，讓我從容問問看便是。第四是曾在聯合副刊發表散文之「阿盛」君，我對此人之文筆十分傾倒。竊以為可以提攜之，請你「破格」問之，如能出書。大可表現洪範之兼容並包也。第五是我自己的《楊牧詩集》，詳細計劃步榮處有之，請問他便知。

如果上述五書有問題，也許還須請你弄一本朱湘卷或李金髮卷，或找一本小說集為之，以青年作家爲宜。再不行，我們便得乘二週年之便推出另一套叢書，把文學以外的東西介紹進洪範。此一新系列或可名之曰洪範大系，收文學創作及相關課目以外之作品，如史學及哲學，並以翻譯作品付之。目前徐復觀先生已授權由我編一書，在史學與哲學之間的文章，故亦可爲之。如此，則除文學叢書四種（許、林、阿、楊）之外，可出大系書兩種，印徐復觀之史學著作及勞榦之文學論文（亦即前述叢書之第一種）。大系之書可以二十五開本印製，訂價可以偏高，自成體系，爲大學之用書也。

我大約八月底返臺，是否在台大或東海教書仍未定，慢慢再說。自來心情並不佳，不能多說。我那首詩何時發表？念念。一首詩拖太久不面世，有時也覺洩氣也。

牧之　一九七八・三・廿八

子弦

長信未及發出，得來函及〈迴旋曲第二〉剪報。詩排得十分好看，謝謝。我爲阿盛之文寫一致編者書附此，如能刊便刊，不合用可請棄去無妨。步榮在電話上說有信與我談《楊牧詩集》出版計劃，我迄今未收到，恐已失落。請即轉告他補一函示我，並將新書銷售情形大略告知，以釋我急也。其他一切粗安，請勿慮。

牧之　四月一日補

庭謙：

洪範十四年來，一定把你和步榮累壞了。人在海外，欲振乏力，很覺不安。前幾天在加拿大打電話給步榮，知道賬務情形不惡，頗以為慰。為此要買房子之事，我現時勢困，一定設法寄錢出來助之。我們心在洪範，有生之年——瘂弦是一件家托，一定得拼命去做好。

八月之書之事，我心中有此計劃，寫下請你郵寄了。第一是女將芳蘇之書編出來。如果芳先生文都在文學新誌，我即當不難，得煩請你協力為之々々。第二是許達然之散文集，請由我催之，經期之內，自可知其有無。第三是林文月之隨筆散文，我有時不便相催，請你去一信，或打一電話問她。如果她堅持不從，請勿相逼，讓我們再問問看情形了。

第四。另篇在報紙副刊發表散文之「阿盛」君，我對此人之文筆十分佩服，竊以為可以擇之，請你「破格」閱之，如肯出書，大可表現洪範之兼容並包也。第五。要我閱之的楊牧詩集，詳細計劃，寄葉慶炳之，請問他便知。

如果上述三者有問題，也許還須請你主編一本朱湘卷和李金髮卷，或找一本小說集為之（以青年作家為宜）。再不行，我們便得來二週之年

之後推出另一套叢書，把文學以外的東西
介紹進洪範。此一計劃，我可名之曰
洪範大系，收文學創作相關課目以外之作品，
如史學、哲學，並以翻譯作品付之。目前
徐復觀先生之撰稿由我編一本，在史
學與哲學之間的文章（徐林、孫瑞），故亦可為之。如
此刻除文學叢書的精裝外，另出大系書
兩種，即徐復觀之史學著作及勞榦之

文學論文一系即寫述嚴肅之第一種也。大系之書可以二十五開本印製，訂價可以稍高，因所讀者亦為大學之用也。

我大約八月歸返，甚思在台大或東海教書仍未定，悵悵百端。月來心情甚不佳，不能多說。我那首詩何時發表？念念。一首詩擱太久不面世，有時也覺減元氣也。

牧之 一九七六、三、廿八

子衍：

長信未及覆了，得來出版過程與第二篇後。詩柳傳十分好看，謝謝。我為何盛之文字一致，編者也附照，如此則便利，不會分再許葉小等無一妨。安葉在電話說有位高錢讀楊牧詩集出版計劃，我迄今未收到，恐已失落。請即將告他補一函示我，並將許之錯誤竹形大要告知，以釋我念也。甚他一切相安，請勿念。

敬之

四月一日 稿

附錄：爲阿盛之文致編者書（一九七八年四月十三日聯合副刊）

編者先生：

阿盛先生的〈廁所的故事〉，眞是一篇上乘的散文，質朴敦厚的鄉土文學。現代散文在台灣的大地上茁長，自有它堅強典麗的生命；語言在我們的生活中衍生成型，勢必擺脫不合用的種種規矩。台灣人能講道地的北平話當然不錯，但總是帶點土土的鄉音講「台灣國語」更令人著迷。

廁所是大有故事的。台灣童話有「虎姑婆」者，故事略謂老虎乘媽媽不在家，化成姑婆來害幾個小兄弟。虎姑婆吃了好幾個小孩之後，最小的說：「你別吃我，我現在肚子裏髒，須先去廁所大便，乾淨了讓你吃才好吃。」老虎呆了一下，答應讓他去外面上廁所。小弟弟穿過院子，爬到樹上，備沸油一鍋，待老虎來到樹下，傾油將牠燙死。不久前有一位研究台灣民俗學的德國學者 Wolfram Eberhard 對我說，他這些年到台灣採集民間故事，發現都市裏的兒童已不能欣賞虎姑婆的故事，因爲都市住宅的廁所通常和屋子本身相連（如台北的公寓更是一壁片門之隔而已），所以小弟用計到院子外入廁，乘機曳油上樹一節，對現代的都市兒童說來，沒有意思。

讀阿盛先生的〈廁所的故事〉使我想起這位民俗學家的感慨，聊爲記錄如上，以爲補遺。耑此順請

撰安

楊牧一九七八、三、卅一

一九七八・四・廿一　西雅圖→台北

瘂弦：

疊接電話爲各種影印文件。五四座談會之紀錄決定由陳芳明主其事。芳明文筆一流，應無可虞。我當爲之校訂，爲你，爲作錦，弄出一個合理的眞實的記錄來。惟一的條件是不要刪改。我知你與作錦之心，之處境，光風霽月，亦在乎此，故文筆謹愼，自不待言。君子愛人以德，我不會爲你們添煩惱的，只願朋友成功——《時報》來約，我亦當嚴拒之也。

這次天下英雄來聚，爲陳若曦、殷張蘭熙、張系國、白先勇、李歐梵，劉紹銘，及我自己（也算是山莊主人）。五・三之日大家都到，我已出動了學生女弟來接待，山莊清貧，無女主人，但總可應付。

五．三當晚九點左右若來一電話，當亦能使眾英雄感動。

洪範下批書除林文月、楊牧（詩合集）之外，應能得下列諸書：勞榦、秦賢次編郁達夫、秦賢次編葉公超。如此亦有五本矣。到現在爲止，許達然尚無消息。又：我百分之百贊成向七等生拉稿，你能否請他參加下批書？我們需要上乘之小說。七等生是我平生最欽佩的小說家之一。七等生年前有一長篇小說，原擬由我主編之新潮叢書出版，後被志文之張清吉拿去送審致遭駁回，多年來我心甚不安。該小說極佳，如果你以爲經張清吉那麼一砸鍋仍可出，亦可向七等生專約此書。

馬君之《金瓶梅卷》亦可約。將來我們可出一系列之「古典小說研究資料」，故請勿等閑視之。

「洪範大系」正籌劃中，原則上以文學之外的作品爲範限。同時我正與一位歷史系友人商量，想請他主編一套「洪範史學叢書」，先收旅美學人之歷史論文（中文著作），應亦大有可爲也。你意下如何？

牧之　一九七八．四．廿一

一九七八・四・卅　西雅圖→台北

瘂弦：

寄詩一首。盼合用。上次〈迴旋曲第二〉的照片極美，我愛不釋手。

〇〇〇拿了一本詩稿來，想請由洪範出版，不要版稅，祇要贈書五十本便「斷」了。我讀來讀去，總不覺得太好，頗爲難。你對他的詩印象如何？如果你認爲可出，我亦不反對——反正他的詩就是那個樣子——但如你以爲不行，我當然無意爲他遊說。請做一裁奪，不要管人情，到時是耶非耶由我承擔。（如果你覺得馬馬虎虎可以出，我將把他的稿子編編，嚴加淘汰，出個一百二十頁的樣子，成本若不過高，也無所謂——一百二十頁成本情形如何，請轉問步榮，並示知）。

我對××諸君子的詩都不太熱衷。但〇〇〇到底也是有頭有臉的文學博士，如果我們財務可以辦，或亦可出。

七等生有無小說給我們？希望他能參加我們的八月陣容。我對此君頗傾倒。要不要我也寫一信給他？

你的《深淵》能不能設法弄回來自己重印？白先敬頗海派，你不妨也以海派爲之，與他吃一頓飯談談。我認爲你應該出一本漂亮的《瘂弦詩集》之類的大書。

牧之　一九七八・四・卅

一九七八・十一・十一　普林斯頓→台北

瘂弦：

寄上「情詩」（丘彥明預言的）三首，希望分三天發表。能不能連續三天，一天一首？不要渲染，所以請照稿樣登，平淡的題目即可，不要副題之類的東西。發表時請速以剪報相贈。

下午將開車去愁予家度週末，順便逼他弄一本詩集來給洪範出。

牧　一九七八・十一・十一

一九七九・八・六　普林斯頓→台北

瘂弦：

今早寄了長信（到永和家中）。尚有二事補充。㈠愁予曾答應將他的新詩集（未結集之詩將結集）交洪範。在台北時請敲定之。㈡莊因本月底返臺北，亦請敲定他的下本書。我會先敲之，你請繼敲之。

又，鄭清文之〈檳榔城〉極具「社會性」，雖文筆不佳，還是有其價值。如能找人譯成英文在殷太太的筆會刊物刊載，海外教課大爲有用。農民的驕傲便是全民的驕傲也。得便亦請對殷太太提。亦請對劉紹銘提。

牧之　一九七九・八・六

附寄詩一首。

一九七九·九·廿六　西雅圖→台北

瘂弦：

我們安抵西雅圖，並已開學，同時在找地方住，慢慢就安定下來了才是。盈盈選英文課，非常用功。一切都好，請勿掛慮。

聽說橋橋在幫我校《文學知識》，眞感謝。目前盈盈在校《傳統的與現代的》，明後天可寄回給步榮。

我既已遷回華大，聯合報之贈報請寄來此址，附上地址單如後，請撕下交報社負責人處理，多謝。

牧之　一九七九·九·廿六

一九七九·十·十三　西雅圖→台北

瘂弦：

十月七日信收到，今早又接到彥明電話，知道〈三百年家國〉可在光復節前一天刊出，很欣慰高興。（〈三百年家國〉，不是〈三百年家園〉。）

我不知道報社不喜歡論舊詩的文章。頗感意外。但爲臺灣的詩寫史，無法不從舊詩論起，你說是不是？我希望他們知道這是一個寫現代詩的人「尋根」願望的表示，不是經院腐儒玩弄故紙堆資料的遊戲。

十月廿四日登一大篇，然後小幅連載，我想並無不可。如有適當的插圖，更佳。我希望廿四日那天可以刊完第一頁至第廿八頁，亦即「連雅堂與臺灣詩薈」及「一變再變衣冠」兩章；如此文章才有些趣味，否則恐怕不易讀。

廿五日以後小幅連載，固是一法。但不如等廿四日刊出第一部份兩章二十八頁以後，稍停若干天，接刊第二部份（第三章「千古傷心地」）二十頁。隨即再停數日，即分兩天刊第三部份（第四章「台灣詩人譜」及第五章「結論與期待」）共三十二頁。

這個辦法是你信中提示，我以爲最可行。

牧之　一九七九·十·十三

你幾時來美？希望你以西雅圖爲第一站，我才敢請你幫我們帶一個大同電鍋來。普通小家庭用的白色電鍋。又，袁德星曾說要送我一本他編的那本藝術大書《河洛》，惜「因故」不能郵寄，上次我東西又多，不能帶；如果你行李不多，可否為我與他連絡帶來。如你行李也多，就算了。又，請幫我帶些凍頂茶。

我希望你第一站即來此，因為大任（秀陶的好友，我在加大的同學）有一部十萬字長篇小說在我處，我想先讓你看看，能否發表出版。小說剛殺青，別的出版社還不知道，請保密，免得商人亂搶書也。 又及

一九八〇・一・八　西雅圖→台北

瘂弦：

寄上〈悲憤猶爭寶劍寒〉，希望合於聯副之用，或許可與大任的第一篇〈赤道歸來〉同時刊登。他正努力在寫以下諸篇，會陸續寄給你。

他的長篇小說仍在我處，如何奉寄請來函示知。我是希望聯副刊出他的遊記一兩篇後，便可連載此長篇小說，而小說刊載至三分之二的時候，即由洪範出書。如果聯副不刊載，洪範直接出書亦可，但洪範付印之前，須請你仔細過目一次。無論如何，如何寄稿，請速告訴我。

我們都非常興奮橋橋又有孕了，這次當為小米生個小弟弟。近來你喬遷新居，喜訊頻傳，眞好。盈盈身體健康，預產期為三月中旬。我工作努力，除了家國社會的事故以外，簡直是很快樂的。今日瑞雪飄飄，好一片銀色世界。

牧之　一九八〇・一・八

過幾天將寄一組詩給聯副。

又，〈三百年家國〉的稿費尚未收到。

步榮來信，洪範的營業不景氣，令我擔憂。他知你忙，不願多煩你，自己一個人在撐持，使我很覺慚愧，因爲路遠，我也難幫他。

一九八一・一・十五　西雅圖→台北

瘂弦：

今日獲元月三日來函及聯合報記事本賀卡，多謝。

宜善下午到，謂但丁譯稿今日見報，則三日信中所提由我尋找插圖之事，亦已太遲，十分遺憾。以後如續摘譯但丁，當設法找此圖片一并寄奉。

隨信寄上散文一篇*。這是近日之作，自以爲筆路稍有轉變，但不知此變是否上乘，總之，與往常不同。如何如何，也許橋橋是最敏感的讀者，問問她感覺如何，便可知矣。

家中一切安好，請釋念。順祝

平安

牧之　一九八一・一・十五

* 〈山坡定位〉。

一九八一・四・十　西雅圖→台北

瘂弦：

旅行歸來，疲困不堪。寄詩二頁，盼能發表於副刊。陳世驤十週年忌日將至，擬作一文紀念，或能在一個月之內寄上也。家中一切安好，請勿慮。順祝

時綏

牧之　一九八一・四・十

〈山坡定位〉稿費似未收到。

一九八一・四・廿三　西雅圖→台北

瘂弦：

今日接來函（未寫日期，只註明「一九八一・十」，不知其正確發信時間），知道你的關

心，甚謝。前此曾由莊、劉二君轉來你焦慮之情，也很可以瞭解。旅行之事*，應該是光明正大的，至少我個人一直不以爲它是偷偷摸摸之舉。我之所以主張六月一日以前大家不發表文章牽涉此行，其目的端在求取心情思維之冷靜，絕對不是怕引人注目或遭人攻擊。其餘諸君子當可同意我的見解。我相信你也可以體會這種苦心也。

來函謂官方未表示意見，則可見行政院長之鼓勵海外中國人「前去看看，比較比較」，乃是既定之政策，大有爲政府的開明作風。至於所謂文壇之鼎沸「抨擊」文字，我個人認爲大概是十分粗暴無聊的。蓋我七人當中迄今未有著文發表者，觀感未公諸於世，如何可得而「抨擊」者耶？所謂「文壇」之「抨擊」文字，大概是可笑可歎的。惟依我的淺見，所謂「文壇」之憤怒，無非盲目的嫉恨使然，思舉此一端以隔離海外這七個作家學者。果眞如此，吾欲無言。人格文品之有高下，必須在現實生活折衝中衡量之。七人渡海觀察，猶吶吶不知如何啓齒，此非我人爲文之嚴肅態度耶？天下滔滔，「想當然耳」欲置七人於姦邪之地，此非「文壇」之陰暗可鄙者乎？莊因謂你曾提到「道德勇氣」一辭，這是五十年來在野學者的專門用

---

*旅美學者七人同赴中國參訪。

語，一以砥礪讀書人之節操，一以鞭策在朝行政者之良知。我以爲你用此語，是有大意義，則請秉此「道德勇氣」，撥亂反正，以文化社會之意志爲意志。以華夏未來前途爲前途。心血狂熱，理智優先，爲可悲憫的中國之前途指點一絲光明。

十年來，在美學者赴大陸訪問參觀者不計其數，你並非不知道。我七人遲疑不行，原因之一無非是心理之抵制，其結果是別人返美後發言妄說，我人只能默默不語，蓋欠缺第一手親身體驗之資料也。此行感慨之深，爲我生平旅行之所未有，總算初步了解了中國之悲劇性格和它山河日月之永恆魄力，其意義斷非來函所指「文壇讀者」之所能想像。禹貢九州，北地江南，在在是生命之現實，不是一朝一夕能描摹清楚的，此我之所以主張同行友人須沉思之，默想之，在冷靜的心情下，在理智的指導下緩緩爲文，不求有功，但求「道德勇氣」之篤定。如此而已。

來函謂文壇如「燒滾之開水鍋」，以此相戒，憂慮之情，良可感念。但若以此不值贊同之文壇風雨爲公義氣候之測儀，乃進而不便發表牧之一首無關緊要的抒情詩，則未免稍失道德勇氣和文學理想之標準。廿年老友，無不可說之話，魯直是爲彼此之眞性情作證，疾切之言，尚請鑒諒。順祝

時安

此函請以副本呈作錦，集思廣益，須我心地光明。　又及

牧之再拜
一九八一・四・廿三

痖弦：

今日接來函（未寫日期，只讀明「一九八一、十」，不知其正確發收時間），經過你的關心，甚謝。多次曾由莊、劉二君轉來你懇摯之情，也很可以瞭解。旅行之事，本該是光明正大的，至少我個人一直不以為它是偷偷摸摸之舉。我之所以要時的月一日，以及大家不發表文章論此行，其目的端在求取心情思緒之沉澱，絕對不是怕

引人誤用或遭人詬病。其餘諸君子當予
同意我的見解，我相信你也可以體會這種
苦心也。
來函謂官方未表示意見，則可見行政院長
之獎勵海外中國人，多看看，比較比較，而
且既定之政策，大有為政府的開明作風。
至於所謂文壇之紛擾，拜讀大文，我
個人認為大概相當寂寥而荒蕪，我友人當
中迄今未有著文發表者，蓋觀感未公諸於
世，如何可得而拜讀者耶？
所謂「文壇」之
瘂弦

「拌蓮之文字，大概是乃突兀觀的。惟依然而淒冷，所謂「文境」之憤怨，無所高自而嫉恨悵然，思筆出一端以陰諱得到這七個作家言告。果真如此，乃欲無言。人格文品之有高下，如俱在現實生活扮演中衡量之。七人語得觀察，獨嘲之不知如何啟齒，此非我人為文之最素質嗎？天下滔滔，以「想見其為人」紀錄七人扮如鄉之地，甚麼「文境」之陰暗乃為鄉者乎？

莊因說你曾提到「道德勇氣」一詞，這
是五十年來在野學者所常用詞，一以砥礪
讀書人之節操，一以顯兼在朝行政者之
良知。我以為你用此詞語，是有大意義，
則請兼此「道德勇氣」，據我所知，以
文化社會之意志為意志，以華夏未來前
途為前途。以熱血擁抱，理智優先，為
可憫的中國之前途指點一線光明。
十七年來，在美學者赴大陸訪問多殆者不
計其數，你並非不知道。我個人還覺不

行，但國之一無補足心理之抵制，其結果是別人捏言之妄語，我人只能默默不語，蓋負缺第一手親身體驗之資料也。

此行感慨之深，為我生平旅行之所未有，從崇拜初步了解中國之悲劇性格和它山河的四周之永恆魄力，其意義斷非筆墨所能文壇讀者之所能想像。遍走九州，走地江南，在在是生命之現實，不是一朝一夕紙描寫讀書而得，此我之所以要向同行友人說思之，默想之，在冷靜的心情下，在理給予指導之後之為文，不出有功，但出「道法萬氣」之寫定。如是而已。

來函謂文境如「燒流之湖水路」，以此相戒，愛護之情，良可感念。但若以此不值贊同之文境作為公義氣候之測儀，乃進而不使吾數牧之一篇無關緊要的抒情詩，則未免稍失道法萬氣和文學理想之標準。廿年老友，無不可說之話，魯直見為供此之真言性情作品，疾切之言，尚請鑒諒。順祝

時安

牧之再拜

此函請以副本寄百作錄，但求恩

一九八一、八、廿三

意、美、但我心地光明。 又及

一九八一・七・十八　西雅圖→台北

瘂弦：

我想我一共就寫這麼兩篇——〈北方〉已發表，就是這篇〈南方記載〉。我寫得相當細心相當慢，也相當節制。希望全文可以照登，可以不刪改。上次信疆只更動了我一個地方，先以電話商量過的。如果有必須更動者，深盼你也能以電話先與我商量，好不好？

稿頗長，如何處理，請你決定。我沒有意見。當然，能一天刊完最佳，否則最多也請勿超過兩天。稿爲「日記體」，故月日部份請抬頭以大字印之，以免混淆也。

我十分希望越早刊出越好，了去一件心事。　順祝

安好

闔第平安

牧之　一九八一・七・十八

打電話先問的原因是，上次你來電話時給我一印象，似乎勸我一篇〈北方〉足矣。不必再動筆。現既然你認為兩篇亦佳，我就不必煩惱了。　又及

一九八一．八．廿七　西雅圖→台北

瘂弦：

謝謝轉來兩封投書。其中痛罵我的詩的信，我沒有話可以回答。另顧君之信，簡答如次，盼藉此機會修正過來。

我的原稿，想你亦存有一份。如無，我可影印寄去。

牧之　八月廿七

編者先生：

承轉八月十七日顧沛君先生函，為對於拙作〈南方記載〉所記重慶部份之質疑。顧先生指出拙作見報時所指「北涪」當為「北碚」之誤，誠然。按我屬稿時於該地名一律寫為「北碚」（見原稿紙第九頁），貴報執事先生轉改為「北涪」，我個人也甚覺詫異，甚至以為二名互

通，不必追究。現既經顧先生質問，或請貴報惠予訂正，以免誤會云爾。

另請利用此機會，順便訂正兩處校對的失誤。㈠成都平原條下第一段末句「和北方的情調不太不同」，應爲「完全不同」（見原稿紙第四頁）。㈡長江條下第一段末句「據說最近將一律收回舊名」，應爲「改回舊名」（見原稿紙第十頁）。其他錯字不多，亦無關宏旨，茲從略。

耑此順頌

編安

楊牧敬啓　一九八一・八・廿六

一九八一・九・六　西雅圖→台北

瘂弦：

週前寄「讀書投書」之反應小札一通，想已收到。這一個月來因爲家父母來此小住，較忙，許多事都擱置了。今天將積壓之信尋出，一併奉答。

㈠我贊成出版林泠之詩集，即使較薄，甚至沒有序跋也無妨，總是要出一本比較特殊之書。惟洪範體例，希望能有作者自撰小引，你能否請她寫個三百字的樣子，交代一下前因後果，屆時（請保密）我們以製版刊出於書前，豈不甚美？這也可以免除別人誤以為我們「盜印」之嫌。

㈡叢甦生年事*，我已去信。副本並已寄步榮。

㈢〇〇〇的作品不太好，有些做作，我個人認為不值得洪範出版。

㈣柳無忌的書，我也認為價值不高。能否轉介聯經出版？

㈤你和彥明都提到曾寄出資料要我為聯副三十年集寫序，可是資料到今天都未收到。不知何故。後來你們又說補寄。亦未收到。

㈥轉寄來蕭蕭論《創世紀》歷史之文（台灣時報）及銘傳商專詩朗誦比賽資料均已收到。多謝。

㈦關於洪範之「約稿名單」，我覺得構想不錯，可以免除許多你與我乃至於與步榮間之尷尬情事。但此事不易辦，甚至（我認為）是違反我們「與文學界一起生長」的原則的。我想了名單一列，恐怕我們審稿時多少會受先入為主的影響，到時想退，恐怕又難矣。

---

* 《君王與跳蚤》簡介之誤。

一兩個月，覺得此名單不容易開。我們還不如維持目前的作業程序，比較安全。你與我爲「共同主編」，其目的無非是求取一種「多義」，有其第一層之好處。其第二層之好處則爲互爲擋箭牌——你可以將責任推到我身上，我也可以將責任推到你或步榮（經理部門）身上。我想這樣具有彈性的做法較簡單，因爲「搶約」作家的情形到底並不多，何況搶約之稿不一定是好稿，有時讓它自手指縫間消逝，未嘗不是塞翁之福——陳若曦該書可以爲我們之警戒。

以上是我的看法。你如果覺得開名單確有必要，請再詳細分析給我，讓我再深入思考。或者請你先行開一名單，供我斟酌參考。我目前的困難是，實在開不出一個名單來也。

希望你了解我的困頓。

牧之

一九八一・九・五

明天滿四十一歲矣

想起來一件事：

〈宗白華的美學與歌德〉、〈中國近代散文〉、及〈南方記載〉三文之稿費均未收到。可否煩請一查？

牧　九月六日
四十一歲

一九八一・九・廿五　西雅圖→台北

瘂弦：

思果之書當然可以出。鍾玲之編亦佳。我投贊成的一票。

牧之　九・二十五

一九八一・十・廿五　西雅圖→台北

瘂弦，燕士：

前幾天步榮來信，談到書店業務，深爲洪範在香港的成績大於爾雅和九歌而高興。他並提到，若時間可能，亟願赴港及新加坡一行，看看如何可以推展洪範的業務，同時（當然）也是一種旅遊觀光的趣味。

我個人認爲，步榮五年來爲洪範所下的時間和精神，在在都是令我們欽佩的，他是洪範的靈魂所在，不算誇張。故我建議，他明年初赴南洋，宜以公司之名義爲之；亦即，他的旅遊費用，宜由公司負擔，構成一種業務上之旅行，於感覺上最佳。不知二位以爲如何，盼惠予思考，得便示知，爲荷。如果同意，也不妨就近對步榮表明，以增進他的信心。　順請

時綏

牧之　一九八一・十・廿五

此信之寫作純係我個人的自發建議，步榮方面一無所知。二位反應時，亦請以自然爲宜。

又及

一九八一・十二・十六　西雅圖→台北

瘂弦：

十二月五日來函今日（十六）收到。洪範約稿之事，我以常理度之，絕無反對之理。有時

多因我個人孤處海外，不免寡聞之故，不知道誰該約誰不該約，然則難矣。我覺得當初洪範以你我二人爲「主編」掛名，最大的目的，就是可以一扮白臉一扮黑臉；如今我也是這個看法，我們儘管約之，有問題時，將責任推給對方去扮黑臉，豈不甚佳？

以〇〇〇（你這次來信提及）言。我對她的小品印象不深，只知其數量不少，時常見報，至於價值如何，不得而知——須一體統統讀之始能判斷；至於你說的「票房」，我也不得而知。我覺得像〇〇〇這樣的作者，你我若發現了，輒可約之，然而請她編集來審。我個人不喜歡她給你的信中（影印曾由你寄來）的 aggressive 口氣，故更覺必須認眞審稿，再予決定，於行政作業上應無不妥，不知你以爲如何？萬一「黑臉」說不行，「白臉」堅持以爲可行，「黑臉」一定讓步，你我兄弟之情，何用擔心？我與你相知太久，知道你這人處處說「行」；等到我說「不行」的時候，你總是謙讓而不堅持，做兄弟的也難！

隨信寄上聯副座談會「神話與文學」的發言資料，請查收。

牧之　一九八一・十二・十六

林泠曾來電話，談了許多（她的聲音眞好聽——我未見過她），甚爲高興。我想必須過了元旦以後始能動筆寫她詩集的導言，因爲目前我在日夜趕寫一篇關於唐詩敘事技巧的英文文

章，元旦以前須交稿也。　又及

一九八二・四・三　西雅圖→台北

瘂弦：

來信收悉。我服從林泠的指示，該序文標題改爲「林泠的詩」四個字。又，在最後一節中，我更接受她的建議添了一小段約二百字，稿在步榮處有之，請問步榮要。林泠認爲加一小段和改題目萬分重要，故該文發表時請千萬注意這兩點，以免惹她生氣也。

其餘下次再談，順祝

時安

牧之再拜　一九八二・四・三

謝謝你和橋橋

送我的茶葉

一九八二・十・十六　西雅圖→台北

瘂弦：

近況可好，時在念中。

我應香港大學之邀，計劃在十二月十六日至廿一日之間住港參加一學術會議。目前情形是大致決定邀請，前去提出一論文，稍事盤桓即返美過聖誕節。

我想，也許在十二月十日左右先回到台灣來，住三天光景，目的是看看朋友，並且看看洪範的情形（也時在念中）。在台灣時間最多即是十二月十日至十五日。

不知道你有沒有甚麼特別的文化活動，可以使我之返臺能夠得到貴報之補助，或於旅費方面，或於其他名目方面。如有最佳，則希望能告知我有沒有我可以提供的服務（如評審、專稿、訪問等），庶幾免乎師出無名。若無，亦絕對無妨。順請

時綏

牧之上　一九八二・十・十六

一九八三・二・廿七　西雅圖→台北

瘂弦：

近況如何，念念。

寄上短篇散文〈採菇〉，請查收。能否發表？這小文章寫給我小兒子的。兒子三月十四日生日，滿三歲。如果可能的話，希望十四日可以刊出；若有困難，也沒關係。

此地春花已開。順頌

新春快樂

自牧　一九八三・二・二七

一九八三・七・十五　西雅圖→台北

瘂弦：

日前返抵西雅圖，一切安好。

我有一位朋友，Princeton 大學歷史學教授 F. W. Mote 的夫人（名陳效蘭，南京市人）問我一個尋人的問題，我無 idea，轉問你是否有辦法。

陳效蘭在找她一位親戚，名叫凌躍龍（大概也是南京人），據她說此人於大陸赤化前夕隨政府到了台灣，而且可能還健在。她想通過政府的機構或報紙和凌取得連絡，惟不知如何為之。你有沒有任何建議？如有，請得便示之，我可轉告她直接通訊辦理。

餘不一一，下次再談。順請

時安

牧之　一九八三・七・十四

行前送你的《英譯當代中國戲劇》（中有拙作《吳鳳》），想已披閱過目。如果你認為可行，也許可以在聯副宣揚一下，希望再鼓起國人對於戲劇的熱情；如無適當人選作文，可等我八月底返台後，找人與我以「對談」方式為之。

又及　七・十五

一九八三・七・廿九　西雅圖↓台北

瘂弦：

許達然之書就出版，不必擔心我的反應，因爲我有些事，實在是「情緒化」的，沒有甚麼道理。請原諒。但我還是希望他能想出一個比較有意義的書名。吳魯芹的書名《文人相重》也極出奇。但願我們可以爲老先生提出一個建議來。試試看。

陳效蘭尋人之事，我會將你的意見轉告，由她自己刊載尋人啓事於諸大報。我想不宜由你在聯副登啓事，因爲那是不太合情理的。多謝。

牧之　一九八三年七月二十九日

一九八三・十・廿八　台北↓台北

瘂弦：

我個人認爲○○○《××××》不是成熟的學術文章，也不是特別具有甚麼創見的詩人之回省散文。他的思路不太清楚，文字也閃爍不定，且缺少藝術之魅力，而延宕渲染，時常使我產生不勝其煩的感覺。我的感覺可能不正確，但若要我投票，我必須誠實地投下反對的一票。

順祝

秋安

自牧再拜　一九八三・十・廿八

一九八三・十一・十　台北→台北

瘂弦：

吳葆珠夫人指名我為《文人相重》寫書評，是我一種榮耀，但我一方面既為洪範同人，一方面對這時期的學識稍嫌不足，實不宜動手。如鄭臻能寫最佳，否則或可請台大外文系蔡源煌教授執筆，或鄭、蔡二人并為之。不知意下如何？　耑此順頌

時綏

牧之　一九八三・十一・十

如蔡源煌不能寫，依次可請台大外文系宋美瑋（女博士，學問堅實坦蕩，與李永平同班）、蘇其康、李永平（均中山大學），或余玉照（中興大學）。　又及

一九八三・十一・十八　台北↓台北

子弦：

詩一輯，都一百六十行，不知聯副能刊載否？題〈巫山高〉，副題 Mount Rainier 係西雅圖南之高山，終年積雪，標與我玉山齊，隨四季陰晴時在有無之間，故以七女喻之，不知通否？

如能見報，亟盼一日果之。蓋七節之間自有轉折依倚之處，割裂必有所失，合刊效用乃見也。　專此順頌

選安

今日立委競選活動開始進行，故曰選安

自牧　一九八三・十一・十八

一九八二・十一・廿二 台北→台北

瘂弦：

這個紀念會已辦多年，例由台大碩學鴻儒如臺靜農、屈萬里、王叔岷、宋文薰等先輩作專題演講。今年忽然請我，使我大吃一驚，但爲讓新詩一登大雅之堂，我已接受，且十分緊張。如許可，盼在十二月三日聯副發一消息，一方面鼓起詩人的快意，一方面也表示對台大的開放胸襟表示欣賞。

牧 十一・二十二

國立台灣大學文學院沈故院長剛伯教授八八誕辰紀念會

專題演講： 王靖獻（楊牧）教授

「新詩的傳統取向」

十二月四日上午十點

台大文學院會議室

歡迎自由聽講

一九八三・十一・廿二　台北→台北

瘂弦：

〇〇〇希望洪範能爲他出這本散文集。大致上我覺可以接受，而且我也亟想降低我們系列作者的平均年齡。我對〇〇〇說「是否接受，須經過同人討論」。

請你看看，若質地無問題，則單篇取捨還可由我們決定；如何編排，也還可討論；甚至如何改，也可向他提出。

牧　一九八三・十一・廿二

看完後，請退給我，並示下尊意。多謝。

一九八三・十二・十一　台北↓台北

瘂弦：

陳黎給了我兩份，我想一份是要我轉你。八至十頁有花蓮人談你的詩的文章。又，二十二頁專論永祥的《秋決》，我想永祥會喜歡看到。如果你有人可以影印一份給永祥（他過幾天就赴美），他一定會十分快樂。

謝謝精心設計之花蓮之旅。也請代謝三位小朋友。

牧

十二・十一

一九八四・四・廿六　台北→台北

瘂弦：

忽然想起一事：洪範邀紀弦夫子編一《紀弦詩選集》（篇幅四百頁左右）出版，可行否？即赴台中，匆匆草此奉達，以免見面時忘了提。順頌

安好

牧之　一九八四・四・廿六

一九八四・十一・十三　西雅圖→台北

瘂弦：

附件本想以傳眞送呈，又怕閑人多言，遂決定郵寄。另一copy已同時寄寶琴，她應同時收到。我完全以赤誠獻言，關起門來討論，所以直言無隱，希望你能了解我的心意，並不要生氣，否則我就慘了。我眞恨不得飛回來和你們當面討論，一定更有些建設性的。路途遙遠，只

能如此。耑此並候

起居不一

自牧　一九八四・十一・十三

㈠為《聯合文學》第三期正寫〈給青年詩人的信〉②，字數當在五千五百字左右。何時截稿，請賜知。

㈡第二期我的詩，請設法勿跟上任何人的「賞析」為禱。　又及

附件

瘂弦：

收到《聯合文學》創刊號已一週餘，極為高興，企盼的大型文學雜誌終於出現了，意義不同凡響。我忝為編委，在大家最辛苦的時候未能參與，感到慚愧。將近十天之閱讀摸娑，覺得這雜誌極佳。但好的地方一定有許多人提了，我再說也不必，故願以朋友和編委之身份將我負面消極的意見錄下，聊供參考。先請千萬勿以為忤是幸：

一、目次羅列項目太多，很過份，其中如木心散文個展之專題、國際文壇望遠之子題、責任書評之子題、掌上小札之子題等都可濃縮以小字印。

二、目次（全誌編輯構想同）所示「點子」太多，其上之【】框框令人厭倦，而風雲、詩品、風格、望遠、分子、省思、冊葉、小札、風速等名目都太花俏，有些無必要，有些可能不太通。

三、Unitas 之名可取，但這個字是名詞，即 unity。編者瑣語文意以之與 united（形容詞）並舉，恐有未妥。

四、頁 8 大標題下引用文中一節以醒目之編法，據我所知，不是高等文學雜誌的作風（《讀者文摘》之類非我所謂高等文學雜誌），最易以 journalistic 方法誤導讀者，為我個人深深不以為然。頁 8 此摘引已不妥，頁 93，100，191 等等也同樣可議。

五、請儘量減少「編者按語」。最好完全不用。此包括頁 16，47，172 等等。按語中最無理的是頁 37！

六、總之，摘引和按語過份突出編者的形象，有時強說作者旨義，有時扭曲作者意圖，我個人認為不是莊重高貴的文學雜誌的編輯手法。

七、吳大猷的文章，我想不出有何意義。

八、頁14：「詩品」二字不通。作者名上下的▼▲沒意思（全誌用了太多圖案花樣）。

九、每首詩後跟一「賞析」絕無道理，爲古今中外任何雜誌發表新作品之所未見。我強烈反對。

十、七篇散文一路排下來，似不如錯開爲佳。尤其每篇編號（短篇小說則未編號），也不是辦法。易言之，在目次上號稱「六家」或「七帖」恐非必要，像廣告詞，不像目次途徑。

十一、一頁之中字體太複雜，例如頁100，204，214等等。

十二、從頁124至頁131極亂。〈秋〉畫頁也未處理好：前三頁文字太大，第四頁吻鹿圖完全不知所云。

十三、頁152稱該文爲「美術冊葉」，爲甚麼？

十四、漫畫是否有意思，找姑且存疑。即使一定要有，請如 New Yorker 將多畫錯開。頁170—171五幅都非佳作，前三幅（頁170）格調在 play boy 路數，而其中空中飛人之圖我似乎在哪裏看過——希望不是抄襲。後二（頁171）沒勁。

十五、「掌上小札」之構想不清楚。這些短文章做甚麼用？補白？消遣？攏絡青年作家的習作園地？作家在此出現如參獎得個佳作，尷尬有之，快樂不足。何況本期諸篇皆非佳作。

十六、有些廣告設計不佳，令人起反感，如裕隆汽車、爾胃適寧、益立群等。

十七、最後，也是我最關心的：我覺得作品的內容或作家的「陣容」並無任何突破可言。整個看來，絕對是聯合副刊的換裝改扮，不但內容路線如此，聯副見不到的新名字也幾乎完全沒有。

以上所說的全部是批評性的話，希望你們了解我直言無諱的目的，完全是爲了期待一本至美至善的文學雜誌，所謂「愛之深」故也。當然我那十七點當中有些一定只暴露了我的偏見和孤陋，就請勿在意，一笑置之可也。

楊牧　一九八四・十一・十二

第一期未見徵稿啓事或稿約。

十三日又及

一九八五・一・一　西雅圖→台北

瘂弦：

照片及來信收到，多謝。交流道我會看情形再寫一陣子，見好就收。我已不怪楊子，常言道：拿人錢財，爲人消災，應當如此。又，希望從〈李廣田之死〉開始已能轉載《世界日報》（無選擇地轉載）。

你與寶琴合作不順利，使我吃了一驚。我本來可以想像你們並不是看法完全一樣的人，然而我一直相信你們可以溝通。人生際遇，總是在互相激盪互相學習的形式上，共同成長。我希望這只是短時期的問題，雜誌上軌道以後應該就好了。此事我不對她提。

我爲洪範之《許地山散文選》寫了一個編後，提出幾個還算不俗氣的看法，希望能配合出書以「三讀許地山」之題在聯副刊登。稿在步榮處。

許台英的書不壞，我無反對意見。如你覺得可以，就請決定便是。

步榮想出郭松棻和李渝的小說。我雖與他們誼屬同窗，但保釣期間產生誤會，很難啓口拉稿。當時他們看不起文學，包括他們自己的和我的文學，而我則爲文學辯護。你想你能否出

面？如你也有困難，請速賜知，仍由我去辦亦可。耑此不一 順頌

新年快樂

牧之 一九八五年元旦

我想起一事：據說劉克襄在失業狀態，你何不設法邀他到聯文或聯副？此人有才有學亦有品格，前途不可限量。 又及

一九八五・三・廿九 西雅圖→台北

瘂弦：

大任來函影印奉上，請參考轉告步榮。（松棻、李渝處我未連絡）。午間奉接二函，甚謝。志清先生之決定由他決定，我無意見。至於《茱萸篇》交不交洪範，我們應請他自己裁決。你無必要為此與寶琴產生尷尬者。關於我寫交流道的方法與態度，多謝指點。無名氏之公開函我尚未見及，故無話可說。如果他指出是我錯，以我的辦法，我一定認錯；但如果他想抵賴，我不能由他逍遙。來示以廣結善緣相勉，我心中很了解，很感動，

當切記不忘也。耑此順祝

時安

牧之再拜　一九八五・三・廿九

今日發出一函給林以亮，請他將韓譯艾詩寄你發排。但未提是否中英對照一點。又，昨日曾有一信致你，想已到。

又及

一九八五・五・廿一　西雅圖→台北

瘂弦：

來信奉悉。〇〇〇有散文稿待成書，想必是水準之作，我個人覺得可以考慮出書。惟〇君自謂是十年前舊作，而且僅有八萬字。我們可否請他先將現有八萬字整理一下看看，再添二萬字，構成十萬字之譜以成書？

我對〇的小說很有興趣，樂觀其成。

若此散文集可由洪範出版，我建議就稱「〇〇〇散文集」，不知意下如何？尚須與〇君商量也。

牧之　一九八五・五・二一

此書之出，應以現有八萬字外再添新作二萬字，而構成一完整之《〇〇〇散文集》爲原則。若無新作，請再商議。

——又及

一九八五・五・廿九　西雅圖→台北

瘂弦：

前寄關於〇〇〇之信想已收到。

洪範邀約名單，來信所提多人中，我試將他們分成三類供你參加（可繼續修正）：

一、即刻邀稿並一定可以出書者：沈靜、曾麗華、夐虹、王鼎鈞。

二、可邀，但仍須於稿齊時審閱者：蓬草、也斯。

三、我反對者：〇〇〇（上次出書事與我「過了一招」，使我厭煩，又其文學理論與觀點在半生不熟似通不通之間，酸腐氣裏賣「俏」，而且每寫一千字定要祭出「〇〇〇」三字一次，很肉麻可鄙）。至於〇〇〇，我說不上任何印象，但昨天光中在此提到他，十分不欣賞，好像和「人品」有關。你覺得呢？

以上三點提供參考、修正之用。餘不另，順祝

時安

牧之　一九八五・五・二九

又及

爾雅出《創世紀詩選》，聽說已推出。但不知他們送不送作者一冊？我迄未收到。

一九八五・七・廿九　西雅圖→台北

瘂弦：

曹又方有一長篇小說《美國月亮》允交洪範，你覺如何？我零星看了點，將細閱後轉你再

做決定。

我又給松棻去了信。石沉大海。下一步只有看你的。

劉大任要我寫序，稱「非君莫屬」。原則上我當努力爲之。

步榮來信主張此後出書採「精緻」政策，我很贊成。洪範已有好聲譽，希望我們可以使它更上層樓。　　順請

暑祺

牧之　一九八五・七・廿九

又及

思果要求提高版稅事，我認爲不能同意。當年因陳若曦一書，使我們和唐、劉尷尬萬分，已划不來，後又因她版稅多了一點，使張系國與我在電話上大吵，傷精神之至。我想前車之鑑是必須記取的。若預支版稅事，則可請步榮視財務情況決定之。

（影印本寄步榮）

一九八五・九・十四　西雅圖→台北

瘂弦

我看九月號《聯文》的編後語，覺得不是你的文氣，心裏本有此懷疑。步榮說你已放棄那份努力，證實了我的懷疑，可是總感到非常悵惘。

這三五年來，我們因爲經驗閱歷和交遊層面的歧異，在彼此之間看問題、處世、判斷各方面也產生日益擴大的分別。很多事情你不以我的反應爲然，我明白，而很多事情我也不喜歡你的處理方式。我們三十年的交情，奈何白髮滋生之後，竟產生了這種隔閡，思之神傷。

我知道這個原因。三五年來我們雖有機會見面說話，也有機會寫信，我們交流的項目都是公務，而且都極簡短。若用古人成語「言不及義」來檢討，也很恰當。我們後來不能像從前那樣推心置腹交談。我怕說太多了便傷害你的感覺和自尊，你更怕引起我暴躁的情緒，所以總以最大的友愛容忍着我，或者說是「應付着」我。我痛斥無名氏一案最可見你的苦心——我很感激，但也很傷心，因爲即使天下人都以爲我罵得公道，你前後對我的勸告證明你不以爲公道必須爭取。你勸我爲人爲文要忠厚，但從頭到尾沒有談到「對」與「不對」的問題。

你有一顆溫暖和平的心，以爲天下一切可以用容忍來斡旋，但你怎麼能保證天下人都和你一樣有那溫暖和平的心？在表面上你力能 please everybody，但英諺正是 please everybody, please nobody，最後招致所有人不平的埋怨，因爲人都是自私的，欲望都是無限的，而且大半文藝界的人都是盲目地自以爲天下第一的。你努力滿足大家的虛榮，努力在息事寧人，可是久之，這會使你失去個性和原則，而當一個像你這樣的地位的人，一旦失去個性和原則的時候，就是無以讓人傾服仰望的時候，則禍起蕭牆，最親近的人都可能反對你，出賣你，想踏過你去爭取他們自己的東西。

《聯文》一年，遽然交卸，眞是太可惜了！當然，你做這個決定一定有很好的理由，而我也永遠不會知道眞正的原因在那裏。但表面上看來，這總是太令人惋惜的一件事。

步榮提到你也考慮一并辭去聯副職務，到藝術學院專任。如果我有資格置喙的話，我要建議你暫時不可造次，怕引起舉世滔滔的訕笑，對你和橋橋的傷害恐怕非我們所能想像。聯副是値得再堅持下去的，其意義十倍於《聯文》。至於應當如何堅持，則我仍然主張你不妨重振個性和原則，對自己能把握的藝術和道德標準，不妨強力把握住。我想來想去，只有一句話可以在這當口奉送你：「實事求是，莫作調人」。

我們相交三十年，在此之前一片愚騃，只有詩的熱情和感情的眞，而三十年來聚散無常，挫折不少，蹉跎不少，如今都是白頭人了。在這擾亂的當口，我聽步榮說你精神不好，心中也覺戚然。我本想講些純情安慰的話，誰知又好像與你爭執起來了，更覺心酸。希望你能瞭解我的心意。

牧之　一九八五・九・十四

瘂弦

我看九月號聯文的偏仄詩，覺得不是你的文氣，心裏本有些憤疑。向榮說你已放棄那份努力，證實了我的懷疑，可是總感到非常悵惘。

這三五年來，我們因為經驗閱歷和文學層面的歧異，在彼此之間看問題、處世、判斷多方面也產生日益擴大的分別。很多事情你不以我的反應為然，我明白，而很多事情我也不喜歡你的處理方式。我們三十年的交情，奈何白髮滋生之後，竟產生了這種隔閡，思之神傷。

我知道這個原因。三五年來我們雖有機會見面說話，也有機會寫信，我們交流的項目都是公務，而且都極之簡短。若用古人所說「言不及義」來檢討，也很恰當。我們從來不能像從前那樣推心置腹交談。我怕說太多了便傷害你的感覺和自尊，你更怕引起我暴躁的情緒，所以從以最大的友愛容忍着我，或者說是「應付着」我。我痛斥許名氏一案最可見你的苦心——我很感激，但也很傷心，因為即使天下人都以為我罵得公道，你前後對我的勸告証明你不以為公道或必須爭取。你勸我為人為文要忠厚，但從头到尾沒有談到「对」与「不对」的問題。

你有一點溫暖和平的心，以為天下一切可以用容忍來斡旋，但你怎麼能保証天下人都和你一樣有那溫暖和平的心？在表面上你力能 please everybody，但英諺云是 please everybody，please nobody，最後招致所有人不平的埋怨，因為人都是自私的，欲說都是無根的，而且大半文藝界的人都是盲目地自以為天下第一的。你努力滿足大家的虛榮，努力在息事寧人，可是久之，這會使你失去個性和原則，而當一個像你這樣的地位的人，一旦失去了個性和原則的時候，就是無以讓人信服仰望的時候，則禍起蕭牆，最親近的人都可能反對你，出賣你，想踏過你去爭取他們自己的東西。

聯文一事，遽然交卸，真是太可惜了！當然，你做這個決定一定有很好的理由，而我也永遠不會知道真正的原因在那裏。但表面上看來，這總是太令人惋惜的一件事。

安樂提到你也考慮一并辭去聯副職務，到藝術學院專任。如果我有資格置喙的話，我要建議

你暂时不可造次，怕引起举世滔滔的谣笑，对你和桥桥
的伤害恐怕非我们所能想像。所以还是值得再坚
持下去的，其意义更十倍于诗文。至于应当如何坚
持，则我仍然主张你不妨重振个性和原则，对自己
能把握的艺术和道德标准，不妨尽力把握住。我
想来想去，只有一句话可以在这当儿奉送你：「事
实求是，莫作调人」。

我们相交三十余年，在此之前一片愚騃，只有诗的热情和感
情的真心，而三十余年来聚散无常，挫折不少，错误不少，
如今都是白头人了。在这扰乱的当儿，我听少荣说你精
神不好，心中也觉闷闷。我本想讲些纯情安慰的话，谁
知又好像与你争执起来了，更觉心酸。希望你能了解
我的心意。

敬之 一九八五、九、十四

一九八六・二・六　西雅圖→台北

瘂弦：

有楊君實者寄來一讀者投書，要求我轉寄《聯合文學》。此投書能不能登，由你決定。我只盡到轉寄任務，其餘則無意見。

其實楊君實即楊誠。此人是徐復觀老師在東海大學之「關門弟子」，亦即前年把陳映眞整得死去活來的「漁父」，以及最近批判唐文標（見中國時報）的「漁父」。其爲人博覽群書，文筆簡潔而犀利，當世少見。

楊誠是恆煒的好友。恆煒既辭編務，楊誠懸空；若你有意拉稿，可嘗試爲之。至於投書，則隨尊意裁決，與此亦無涉也。

牧之　一九八六・二・六

一九八六・四・廿四　西雅圖→台北

瘂弦：

久未通訊，時在念中。影來各種文件收悉，一并反應如次：

㈠吳魯芹先生之事，我認為是《聯文》過份緊張。這件事自學術上說來並非要事，蓋引述舉例既可來自中文，當也可以來自外文。一群笨蛋將小事化成大事！可歎！

㈡陳冠學我沒太注意。將來慢慢留心看之。

㈢許世旭要有人評他，以我身份殊不宜，因為《雪花賦》中有贈楊牧之詩。我意以為你可以請楊澤為之。約稿寫作，出奇制勝，楊澤沉鬱有學養，若得你專函邀約，一定努力為之，何嘗不是一件大事？其中微妙，可想而知。順請

大安

牧之　一九八六・四・廿四

〇〇〇想在洪範出他那甚麼《××××××》。我頗猶豫。文學價值在，但附帶問題不

少。日內將全稿寄步榮，請就近討論，明以教我。　又及

一九八六・五・四　西雅圖→台北

瘂弦：

詩一首寄上，盼在聯副披露。又，請勿在《世界日報》轉載。（此後我的投稿請一律勿轉載於世副。）

莊信正為他的尤力息士文與譯稿之事，打了兩次電話來問我意見。昨天又來電。他擔心稿壓太久，則整個寫譯計劃受到影響。我只能安慰他，並且建議他必要時另覓發表刊物——我不知道該怎麼說。此事你不妨關注一二，以免引起閑話也。他是中國有史以來弄尤力息士弄得最通的學者。

○○○想出書。我意在可否之間，一半一半，故已將稿寄步榮，想請你們決定，而我則投一個「棄權」票。

自牧　一九八六・五・四

一九八六・十・廿七　西雅圖→台北

瘂弦：

稿一篇，略無序跋色彩，不知聯副可登否？黃碧端文筆不壞，請你多提醒她寫些可以「長久」的東西，不要被專欄害了。她一等聰明，不會不知道如何圜轉的，一方面「如期交稿」，一方面自求完美，爲我們「學院派」爭口氣啊！順祝

時綏

牧之再拜　一九八六・十・二七

一九八八・四・廿一　西雅圖→台北

瘂弦：

關於黃碧端女士書之序文一事，近幾個星期來我思之再三，頗覺不知如何是好。我與她不熟，寫這樣的序實不知如何著墨。來函謂以「無因緣所以容易寫」，但這正是不容易之處，一笑！

請你委婉轉告，實在不知如何是好。我想她應請有「因緣」的人若光中兄或你爲之，大筆一揮，比我閉門造車好多了。不敬之處，請爲文飾求饒。

順祝

時安

自牧上　一九八八・四・二一

一九八八・六・廿六　西雅圖→台北

瘂弦：

〈詩與眞實〉是我系列寫給詩人的信之第⑱，亦即最後一篇，等出書時擬寫⑲「又及」，是爲十九首，結束了這些年一件私人的寫作計劃，開始做些別的工作。附上請查收，盼在聯副發表，刊出時第六頁之英文原文盼保留登之；最後一頁（第十八頁）那段頗長，若你覺不便，刪去亦可，請你決定。

聯副之聲楊牧專輯錄音帶收到，放進機器想聽，不到兩分鐘竟夾住了，等用力取出時帶子已斷，故迄今未聽到。若不太麻煩，盼再弄一份請橋橋得便帶來；若太麻煩請就算了。

牧之　一九八八・六・二六

一九八九・七・五　西雅圖→台北

瘂弦：

天安門之事對我造成衝擊。文革後期，我不但體會到共產黨中央之野蠻，也深覺中國人太沒用，有長期時間我只想做個台灣人，不想做中國人了。那人隻身擋住一隊坦克車，我在開車回家的路上聽廣播，眼淚不禁奪眶而出。這一哭，又變回中國人了！

寄詩一首，爲勇敢的王維林做個歷史見證吧。盼在聯副刊登也。

順祝

暑安

牧之　一九八九・七・五

一九九〇・三・十九　西雅圖→台北

瘂弦：

久未通信，近況想好。

隨函寄一稿，請查收。年紀已到「知天命」的階段，感慨兀自與少年時代不同，特別喜歡想鬼神之事。名爲疑神，實則是好奇——五四時代北大有疑古玄同者，那疑大略就是我這疑吧！

盼在聯副刊出。

此地春來，陽光溫和，花亦多開了。順祝

時綏

牧之再拜　一九九〇・三・十九

一九九〇·七·廿　西雅圖→台北

瘂弦：

近況如何？有無特別有趣之事？

寄一稿，請查收，我發現我已經極不喜歡〇〇〇之插畫。若此稿能刊而需有插畫，可否找別人爲之？

我九月中回臺小住。祝

時祺

牧之　再拜　一九九〇·七·二十

一九九〇·十·八　西雅圖→台北

瘂弦：

上月在台北，不能多晤，實感憾憾。你着人送水果來之日，正是我搭火車回花蓮那一天。

次日我又至台北，見水果與留書，則你已經到香港去了。

大陸之行感想如何？

我已多年未到大陸，也無計劃前往，興趣缺缺，莫可如何。

這一次在台北小住，感覺到一種新生命——我認爲台灣要脫胎換骨尋到一新生命。現在因爲股票崩盤大家以爲自己窮一點，殊不知窮就是我們生命的機運，就此暫時一擺脫那可厭的市儈功利，回到比較清瘦而寒的境界，增進一些靈性，豈不正好？我還是大有信心，絕不怕共產黨那一套。

隨函寄一稿，請查收。

牧之　一九九〇・十・八

一九九一·四·十六　西雅圖→台北

瘂弦：

《創世紀》封底所見照片，令人感歎不已！怎麼只餘一面斷牆呢？你久無詩，也不提筆寫「感性」的散文。現在快六十了，說不定可以寫點甚麼東西，例如從離家開始寫起，寫到回家看斷牆——一定很感動人的。

寄上一稿，請查收。

牧之　一九九一·四·十六

又及

手疼痛，寫字寫得亂七八糟，請原諒。

一九九一・七・十六　西雅圖→台北

瘂弦：

前此請步榮轉〈寓言三則〉詩，想已收到。不知能刊否？念念。

近成〈疑神八集〉，隨函附寄上，請查收。此稿也希望能在聯副發表也。關於神之事，越想越多，眞不得了。其實，因疑神而查書，反而接近那些奇異記載，感覺也甚怪。例如聖經，多年不碰了，最近因有疑必查，反而得到不少閱讀的機會，所以總感覺甚怪。順請

暑安

牧之　敬上　一九九一・七・一六

一九九一・八・十　西雅圖→台北

瘂弦：

在台北一週，多承招待，非常感謝。徵詩成果甚爲可觀，經討論之後，比我原先印象好了

許多，也是值得愉快的。相信以後會一年比一年更好，則為你「搶救」社會風氣之大貢獻，可以預期也。

洪範要振作，惟一辦法就是由你介入，將「洪觀」成立起來，以你的構想出一系列新書。我當盡一切力量支持協助，打開局面。那天午餐後，我隨步榮回書店看新房子，並看看舊房子，覺得若此時讓洪範就這樣衰竭下去，未免太可惜太遺憾了。所以我們都深深同意，你的構想計劃，是一定要執行的，再無疑問！步榮將他辦公室隔壁一間打開說，整理整理，瘂弦就用這一間吧！我也覺得絕佳，不但書店有新氣象，他也可以因你在隔壁，而不感孤單。這是非常重要的一件事。

赴港在即，千萬頭緒待理。匆匆順祝

時安

牧之　一九九一．八．十

貴報胡總編輯處，已去函相謝。另外那位姓程的機場記者，不知道他的名字，無法寫信，便中請代申謝。　又及

一九九一・九・十　香港→台北

瘂弦：

前信到時，我們正啓程來港。現已大致安頓，但因學校宿舍仍在裝修，故與其他教授家庭都暫住灣仔。此地公寓豪華*，海景佳，彷彿渡假。惟籌辦新校工作亦多，也甚爲興奮也。洪觀之事，請隨時想點子，又，出版翻譯世界名著之議可行，我很贊成。昨天步榮來電話，可能到港一行，我們便可進一步商議細節也。你若有時間，隨時請來，無任歡迎。順頌

暑安

牧之　一九九一・九・十

我另寄一信給義芝，麻煩他幫我改地址，希望能繼續收到聯合報之航空版。　又及

在港地址如背面所示

Prof. C. H. Wang

Tower IV, 9B

The Hong Kong University of Science and Technology

Clear Water Bay, Kowloon

Hong Kong

—目前暫住灣仔，公寓電話 829-7657

—十月以後遷進大學宿舍，電話 358-8124

—我在大學研究室電話現在開始就是 358-7762

一九九一・十一・廿三　香港→台北

瘂弦：

上週在台北吃火鍋，覺得很輕鬆愉快。第二天和幾位「女長官」及二沈喝酒，好像又醉

＊即君悅嘉寓酒店。

了。近來酒量顯然退步。

我一個學生奚密完成了一部英譯七十年來中國新詩選集，已獲耶魯大學同意出版。現在她必須一一徵求詩人們同意（同意她翻譯他們的詩入英文），故不日之內將發出同意徵求函。她所選譯的詩人中，許多都無從連絡，故有幾位我建議她麻煩你轉投致寄。奚密覺得不好意思，因由我主動來央請你幫忙，千萬高抬貴手。

奚密譯筆極佳，値得支持也。

你對步榮提到「〇〇〇」。我印象不深，惟你若以爲可以，應當就是可以的。

牧之

一九九一・十一・二三

一九九二・四・五　香港↓台北

瘂弦：

傳一眞。這部份*調整了注意方向，與時代訊息有些意思。多年來，我於文學藝術和社會現實所投入的關懷，若說「哲學基礎」，這些可以約略表示。

九日到臺北，十日返花探母病，十一日再到臺北，十二日在臺北，十三日來港。

希望找一個時間聚晤。請與步榮連絡。　順祝

安好

牧之　一九九二・四・五

（包括此頁在內共爲二十八頁）

＊〈疑神十一集〉。

一九九二・六・六　香港→台北

瘂弦，

寄上一稿，請查收。我很希望早早看它刊出，因爲和我整個寫作計劃有關係。日前在臺北，酒後批評了張作錦，現在想想，頗爲失禮，請原諒。月底可能專程回東海大學一趟，辦完事就走，說不定就不來臺北了。

耑此順祝

時綏

牧之

一九九二年六月六日

一九九二・八・十八　香港→台北

瘂弦：

前此在臺北，値你辦文藝營，一定很忙，未能見面，甚憾。疑神十六寄上，請查收。月底時報評審將又回臺。祝
時綏

牧之　一九九二・八・一八

一九九二・十二・廿八　香港→台北

瘂弦：

潘耀明一九八二年主動爲我向端木先生求字以贈我，當時我並不識潘與端木。週前潘才想起。輾轉寄來給我。我甚感情義，但因爲我對端木先生無甚感覺，故不知如何處理。印象中你很服膺東北作家，故順手轉贈給你。若你也無所謂，何妨送給別人？耑此順祝
年安

牧之　一九九二・一二・二八

一九九三・五・十一　香港→台北

瘂弦：

久未通信，近況想佳。

隨函奉寄一詩*，實月前之作。望能刊於聯副。詩之第二部份，爲無標點之「誄文」請注意排列之法。其第一行長度比照第一部份第十三行之長度，以此第十三行爲第一部份之尤長者故也。然則，第二部份的排法，就是呈一塊狀了。

下週赴港開會一星期。學期未已，匆匆不能返臺。祝

好

牧之　一九九三・五・十一

一九九三・七・廿七　香港→台北

瘂弦：

我讀聯副，覺得這個問題必須澄清，故草一讀者投書，盼還威尼斯商人「公道」。希望能惠予刊出。

牧之　一九九三・七・二七

編者先生：

頃閱貴報七月二十四日副刊有人爲文推介《莎士比亞戲劇故事集》，舉《威尼斯商人》爲例，稱放高利貸的夏洛克即爲人「刻薄，兇惡，無情」的威尼斯商人，因爲安東尼奧無錢還債，夏洛克竟打算割他一磅肉云云。其實莎士比亞所謂威尼斯商人指的是安東尼奧，不是夏洛克（夏洛克的渾名很簡單，就叫「猶太人」），蘭姆他們據原作寫故事，不會有錯。這樣說來，難道是中文譯者翻錯了嗎？如果是翻譯有問題，就不宜將那版本推介給放暑假的青少年了。

楊牧謹上　一九九三・七・二七

＊〈宗將軍挽詩並誄〉。

一九九三・九・十二　香港→台北

瘂弦：

前此在臺北匆匆忙忙間發現吾輩當已稱公，不免感慨。香港住不習慣，實亦無可奈何之事。早知如此，這次便不必須來。

隨信奉寄短詩一首，實驗一種新的音韻，給自己一種釋放。詩甚短，若是發表，亟盼安排得大方一點，否則恐怕看不太見。　順祝

時綏

自牧　一九九三・九・十二

一九九三・十一・十三　香港→台北*

編者先生賜鑒：

貴刊十一月一日發表陳之藩之書信體文章〈問道於盲〉，似乎是講科學的，列了不少外國

人名和地名，令人讀來目瞪口呆，暗恨自己學識淺薄，但也無可如何。陳文提到 William Blake 時，責備他的收信人逕稱布雷克爲「『七十年代』的布雷克，不知是怎麼回事？」我們未詳其細，愛莫能助。惟陳文在提到布雷克時，一百餘字當中也暴露了以下幾個問題：

㈠稱布雷克爲「兩三百年前浪漫時代開始時的詩人」，實失之含糊，按布雷克生距今二三六年，死距今一六六年。㈡陳文說：「我們有時拿他當畫家，有時當神祕詩人。」布雷克的確也工美術，但他若被「拿」去當畫家，應該也被拿去當一個雕刻插圖藝術家才是，因爲他不只塗抹畫畫而已；「神祕詩人」不悉何指，蓋英國文學史上無此名號。㈢陳文說：「我們常常引用的那首：『一粒砂裡有一個世界／一朵花裡有一個天堂』就是布雷克的詩。」這兩句甚麼砂呀花呀，並不是布詩該作之全貌，不能逕指爲「我們常常引用的那首」詩；按此二句出自 Auguries of Innocence，爲詩之開端兩行，而全詩長達一百三十餘行；我曾經看到覃子豪行文引用那兩行，但從未見過有人「常常引用」那首詩，則「我們」亦不悉何指。㈣布雷克那兩句原文是：「To see a World in a grain of sand./And a Heaven in a wild flower」。稍諳英詩語法體式

＊本文見於一九九三年十一月廿一日聯合副刊，題「爲布雷克陳情」。

的人都知道陳譯迷失了本意（可能是爲對仗而犧牲神氣）。這點相當嚴重。更糟的是「一朵野花」被簡化爲「一朵花」，則詩的命題和層出不窮的鋪陳皆無著落，布雷克卜取天眞與自然的詩旨失去領導，以下那一百三十行竟成烏合矣。

古人的智慧既形諸文字，便是我們的公眾資產，人人得而引用敷衍發揮之，但在可能的範圍裡，也應該竭力維護尊重，不要扭曲它，毀壞它，我們既然都是英詩的讀者，爲能長期共享其眞與美，就請容許我爲布雷克陳情如右。

肅此順祝

時綏

楊牧謹上

一九九三年十一月十三日

一九九四．一．廿八　西雅圖→台北

瘂弦：

久未通訊，近況諒甚佳，懸念之甚也。我自港返西雅圖，爲寒氣所苦，雜事亦多，勉強寫作，有些成績，或許春來之前可以將新作「推出」，則亦一快事。

今日閱報，陳之藩教授又說了許多不通的英詩理論，頗爲可笑。但我自忖此事可一而不可再，故也無「投書編者」之意～由他去寫罷，算了！又副刊曾陸續登了一位「裕美」（姓忘了）的講西方文學之短作，頗有問題（例如將狄更斯之《聖誕歌聲》誤報爲《聖誕傳奇》而大寫特寫），但我實在不該到處幫你闖禍，故亦決定睜一隻眼閉一隻眼了。（其實若聯副要找人寫有關西方文學之短文以喻世，我們可以找到好的人才，）順祝

時安

牧之　敬上　一九九四．一．二八

許久前聯合報給我寄了一張小支票，盈盈說此地銀行不肯收，不知道是怎麼回事，茲寄

回，看義芝懂不懂。　又及

一九九六・一・十　台北↓台北

瘂弦：

　　十月間回花蓮，在東華大學校園住二宵，後來寫此，茲寄上，請看是否可以發表。木瓜山在壽豐鄉，即步榮老家往西看的地方，也就是從東華校園就可以「仰望」的大山是也。十一年前你發起我們大家同去太魯閣文山溫泉；返台北後，我寫了〈俯視——立霧溪一九八三〉，與此作可以對稱地看，但時間也過得太快了。順祝

冬好

牧之上　一九九六・一・十

　　我猶記得當年聯副發表〈俯視〉，是版面上一條左右跨過的樣子，所以我希望此次處理〈仰望〉也採這辦法，因爲這可以顯示此詩雖長，卻是一口氣無分段落的。不知你以爲如何？又，當年〈俯視〉發表後，曾有讀者自高雄打電報來。九十年代諒無此事了。

一九九六・十一・十一　花蓮↓台北

瘂弦：

近況可好？久無音訊，念念。

我在花蓮亦深居簡出，日與群山為伍。人到這個年紀，心境已不同以往，平時無端便是有些憂悒，缺少快樂，實也無可如何。

隨函寄一短詩，不知有無新意。若能在副刊發表，當亦至佳。順此敬頌

金安

牧之　一九九六・十一・十一

又及

楚戈日內來此揮毫。

你有無時間也來一遊？

一九九六・十二・五　花蓮→台北

瘂弦：

關於志摩之文附上，望能在副刊登載。若合適，自宜以在年底前見報爲最佳，才有「百年祭」之意義也。此地今午后忽然轉涼，說不定冬天就開始了。盈盈十二日到臺，小名則爲二十日。東華氣象殊佳，你眞應該來看看。耑此順頌

時祺

自牧上　一九九六・十二・五

輯二

周文龍（學者） 七封

一九七二・三・一

March 1, 1972 (Seattle to Massachusetts)

Dear Jo:

It was nice to hear from you that you've been enjoying Chinese language and folklore. Cohen is a very understanding and learned person; I am sure you will learn a lot from him. Teng must be driving you pretty hard— I imagine so because I know him very well, since college years.

Teaching at Washington has also been interesting: a great experience to me. I really enjoy it. It will be great if you would come to join us in Seattle. I hope you will take UMass's summer school courses, with which you surely will have no trouble getting accepted by any graduate program in Chinese. I'm sure we can give you at least an "admission" for graduate studies — but I hope you drive yourself harder so that you can be granted some kind of fellowship here or anywhere else. You'll be married by then, and fellowship is good when one has a "family" to support. Anytime when you want me to write a reference letter, don't hesitate to let me know.

As Teng has suggested 艾 for Allen, I'd complete it with 崙：

Allen，久：Joseph.

I wonder how you think of it. One way to tell if you like it is to check your Matthews' dictionary. 崙 with the mountain radical pertains to the mountain; 久 means long, forever, and everlasting or lasting.

Nora is auditing 2 courses at the University and writing her own. We miss you and friends in Amherst.

Best wishes.

Yours sincerely,

Wang Ching-hsien

P.S.

I've just received a copy of the *Tamkang Review* (double-issue, so it's late), by Air Mail. You should also get it soon.

P.S.S.

(Interrupted by the phone—)

2 things:

I. Stay in Mass, and marry her. Don't go to California (it's not necessary).

II. When applying Washington, states:

① You've talked to me;

② You can arrive in Seattle by June 1973 to take our summer courses.

March 1, 1971

Dear Jo:

It was nice to hear from you that you've been enjoying Chinese language and folklore. Cohen is a very understanding and learned person; I'm sure you will learn a lot from him. Teng must be driving you pretty hard — I imagine so because I know him very well, since college years.

Teaching at Washington has also been interesting: great experience to me. I really enjoy it. It will be great if you would come to join us in Seattle. I hope you will take UWash' summer school courses, with which you surely will have no trouble getting accepted by any graduate program in Chinese. I'm sure we can give you at least an "admission" for graduate studies — but I hope you drive yourself harder so that you can be granted some kind of a fellowship here or anywhere else. You'll be married by then, and fellowships is good when one has a "family" to support. Anytime when you want me to write a reference letter, don't hesitate to let me know.

As Teng has suggested 艾 for Allen, I'd

complete it with 崙 : Allen
久 : Joseph

I wonder how you think of it. One way to tell if you like it is to check your Matthews' dictionary. 崙 with the mountain radical pertains to the mountain; 久 means long, forever, and everlasting or lasting.

Nora is auditing 2 courses at the University and writing her own. We miss you and friends in Amherst.

Best wishes.

Yours sincerely,
Wang Ching-hsien

P.S.
I've just received a copy of the Tamkang Review (double-issue, so it's late), by Air Mail. You should also get it soon.

P.S.S.
(Interrupted by the phone —)
2 things:
I. Stay in Mass, and marry her. Don't go to California (it's not necessary).
II. When applying Washington, state:
① You've talked to me.
② You can arrive in Seattle by June, 1973 to take our summer courses.

一九七三・三・廿三

March 23, 1973 (Seattle to Massachusetts)

Dear Joe:

I like your spring poem. I still believe that if a poet cannot write well about spring, then he is not a poet. Since you have written well about spring, I believe you are a good poet.

It is surprising to me that you have looked at the French translation of my stuff. I have almost forgotten about them, and the only reason is that I don't read French. But I remember how proud I was when I saw them translated into French — I was twenty-one years old I guess, the youngest of them all. Recently, I got puffed up again for the fact that the last poet in Birch's second-volume *Anthology of Chinese Literature* is Yeh Shan. Still the youngest after more than ten years. That's also horrible!

We are very excited that you and Lauren are moving over soon. It is certainly fine with us to ship your boxes and things to our address. We have a spacious basement for them. You both are most welcome to stay here for the period when you are looking for a place to live, too. So, don't worry about anything on this end. Everything will be OK. Are you going to drive? If you are driving over, don't miss the Yellowstone National Park.

Nora and I are leaving for Paris on June 28. We will come back in the end of July. Then there is a probability that we will go back to Taiwan in August. Maybe not. That's all for the summer. At any rate, we will be here again in the beginning of September.

I look forward to having you in Thompson Hall where we are going to read the books in Chinese soon; and Nora and I look forward to meeting your bride. I'm sure she will enjoy Seattle.

Best wishes to you both,

Sincerely,
Wang Ching-hsien

一九七六・二・十九

Feb 19, 1976 (Taiwan to Seattle)

Dear Joseph:

The NDFL recommendation was out today to that stinky committee. I made them feel, I believe, that I could also be very stinky. Anyway, good luck!

I am glad that you are going to move to a bigger and better house. I recommend that you enjoy yourselves as much as you can. Life is short and you ought to make as much out of it as possible. The boat, as the Chinese say, glides naturally straight passing the (oops - I forgot how you call that thing supporting a bridge) although that thing may appear to you dangerous twenty yards away. The waters carry you to safety. This sounds like Chia I or T'ao Ch'ien, doesn't it?

You should be ready for an M. A. next Fall. I am willing to serve as chair(person) on your committee. It is also a good idea to take a 561 (I'm not sure what 561 is — is it *Shih Ching* and stuff?) and English criticism and Japanese. I'm glad, too, that you enjoyed the Proseminar now. I am sure it will prove meaningful in your future research.

Mrs. Lang must have been very helpful to you. She is a charming lady, indeed. Give my regards to her. By the way, when the *Parerga* is out, can you see to have a copy sent me by air mail? I'm anxious to see it, too.

Things go alright here. I am as busy as ever. I write much, and I enjoy writing. I went back to Hualien for the New Year, and from there I went even further down to the country for two days. I stayed in a Japanese-style hotel on a high hill, hidden partially by trees and trees. It was the 16th of the first lunar month and I drank beer and ate deer meat and carp and sang with my friends. That was an experience Su Shih writes about in the "Red Cliff II". That was good experience!

Best wishes to both of you,

As ever,

Wang Ching-hsien

一九七八・四・一

4-1-1978 (Seattle to Taiwan)

Dear Lauren and Joe,

I received your two letters and was glad that everything was OK up to that point. It is now almost definite (99% sure) that you will teach Chinese 361 for me in Fall, 1978. The Department probably won't write you to that effect, but you can count on it. When you come back, you may just walk in and see Mrs. Err and sign some papers and that will be it.

I'm not sure if it is time, but I heard that one cannot be simultaneously an NDFL fellowship recipient and a teaching assistant. (You'll be something like a T. A. when teaching 361.) It is likely sometime later you'll have to calculate and decide whether you want to be on fellowship or teaching — if you get an NDFL, that is to say. David Knechtges is of this opinion that, when that happens, one might want to give up the NDFL for 1978-79 because he can still compete for it 1979-80 whereas he won't have a chance to experience teaching all the time. Knechtges also remarked that if you would have to give up NDFL for 1978-79, he would try to get you to teach a course of his, which is now being taught by Tim Phelan (spring quarter) because Knechtges believes by spring 1979 Tim should finish his dissertation and leave the University. With 2 quarters of teaching appointment (Fall 1978 and Spring 1979), the salary would be equivalent or perhaps better than an NDFL, I guess.

You don't have to worry about this. Just keep all the possibilities in mind, and work hard on your academic duties and let it be.

I have not decided where I'm going to spend my time of leave yet. I shall make up my mind soon, and I'll let you know whenever I know.

Joe Cutler and Christa got married today. I have to stop here to get ready to go to their party happening at the Nylanders'.

Best to you,

Ching-hsien

一九七八・十・廿四

Oct 24, 1978 (Princeton to Seattle)

Dear Joe:

I was very glad to receive your letter. It is good to know that your Chinese 361 has been going very well. I knew it would! A course with Dull is not a bad idea, though you thought I would not approve of it. Your project on 史記 sounds quite exciting too. I think (or shall I say, I command) that you should do the 史記 field in the winter quarter, and do it with me.

You do 唐詩 with Knechtges in the spring, and linguistics with Norman summer 1979.

You do 詩經 this fall quarter. Now, I want you to give me two lists for the field exam on 詩經. (1) 100 poems in the book which you feel comfortably familiar — list them by number; and (2) 10 items of secondary material about 詩經 (books, monographs, papers, articles, gossips, etc.) which you think you are comfortably familiar with. I would like to have the lists in by November 10, 1978. This is what we call a"deadline". I will send you a question of that sort as soon as I receive the lists, and I suppose the question will by November 20 reach Georgia's office in the Department. You may pick it up there and work with it for 10 days, and send the paper (or answers) to me and let me receive it by December 5.

This is our plans.

Be sure to help me try to observe these deadlines. They are very important, because after December 10 or so I will be disappearing from the American continent. For god's sake, my telephone numbers are as following:

Home: (609)896-××××

Office: (609)452-××××

It is very important to observe these deadlines, again, because it seems to me very important that you do 詩經 in the fall, 史記 in the winter, 唐詩 in the spring, and linguistics in the summer.

I'll come back to Seattle in the summer, 1979. The idea of "narrative poetry" for a dissertation is good, and we shall dig it. As of now, watch closely if there are things you can gather for that goal. You will begin to write your dissertation on September 1, 1979. How about that?

Best to both of you.

Wang Ching-hsien

P.S. You ought to be very careful about your writing of Chinese characters. Sometimes you write in the cursive style which is not acceptable, and sometimes you leave out the strokes — that is unpardonable.

一九九〇・十・廿九

Oct 29, 1990 (Seattle to St. Louis, MO)

Dear Joe:

It is indeed a wonderful thing that the University press here decided to accept your translation of my poems. I was very glad to hear about it, and, while Madeline Spring, Stephen Durant, Alan Berkowitz and other friends were here last weekend for the AOS annual conference, I told most of them. People were excited for your achievement.

It is fine with me that you substitute the Xiang-Minford work with your own translation of that "Myth and Modern Poetry" article. I just re-read the small piece of work and was surprised that it sounded just fine! Thank you for your excellent proposal.

It is fine, too, that you print my original verses horizontally in order to match your English text. In fact, sometimes I think that is also a nice way to print Chinese poetry. I suppose I'm more flexible than you think I am.

Even in the bilingual form, the book is probably not the kind of book you would want Hung-fan to distribute in Taiwan (and similar areas). Hung-fan is limited in scope and within that particular scope (the publication and distribution of original creative writings in Chinese), it is excellent and actually the best today in Taiwan, but it is not quite capable of handling a book so complicated as the one we are talking about. This is my feeling at this moment. However, I'll ask the management soon within two weeks and see how it responds to the idea. I'll let you know of the management's suggestion if you are interested. But, still, I think it is not very likely.

Ying-ying and I are leaving for Taiwan on November 13, and we take Bruce this time. There I'll be participating in a conference sponsored by Wen-Chien-hui and organized by Taiwan University, November 15-19. We are going to stretch the stay a little bit so that we may visit my parents in Hualien. We all look forward to the trip.

Best wishes to both of you,

C. H. W.

P.S. I read your YM: LC "profile" in the MS again tonight. As I said before it, I like it — it is a very moving, work piece of writing.

一九九九・七・廿七

July 27, 1999 (Seattle to St. Louis, MO)

Dear Joe,

I think I got a letter from you early spring in which you mentioned you were flying to Minnesota for a job interview. How did it turn out?

Ever since then I have been concentrated on a Shakespeare project. The fact is that I finished a translation of *The Tempest* last fall in Hualien (during that time I didn't know Shakespeare would be so HOT, like a "hip hop" off-off-Broadway); the book is now scheduled to be published in September, and I spent most of the time available writing an introduction to it. It is a satisfying feeling that I, now approaching sixty, have the opportunity to work on everything in English literature.

The plan for us is clear. Bruce and Ying-ying will be in Taipei August 7-23, and after they come back to Seattle, I will take off for Taiwan on August 30. Ying-ying will join me in the end of September, until after Christmas (we hope Bruce will go to Hualien to spend the Christmas vacation). Sounds very complicated. But the message is clear: we will be in Hualien in the fall, and we will be very happy to see you there.

Best wishes,

CHW

漢樂逸（漢學家）　一封

一九九六・一・卅一

31 January 1996 (Seattle to Leiden)

Dr. Lloyd Haft
Sinological Institute
Leiden University
Arsenaalstraat 1
P. O. Box 5515 2300RA Leiden
The Netherlands

Dear Dr. Haft,

Thank you for your kind letter dated 12 January 1996, which I received last week. I was very happy to hear of your interest in modern Chinese poetry written outside of the People's Republic of China. Indeed I felt bad for not being able to attend the September conference on modern poetry at Leiden, or I would have had a nice opportunity to share with you some of our findings in this regard.

It is certainly very fine with me that your student plans to translate *Wu Feng* into Dutch. Please tell him to go ahead and, if he has anything related to the project that I may be of any help, do not hesitate to write me. The following are intended to be the answers for your interesting questions raised in your letter this time:

1. Yes, *Wu Feng* is unique. I have not written any other verse drama in that size. However, I did write 林冲夜奔 and a number of dramatic monologues such as 鄭玄寤夢, 馬羅飲酒, etc. No, I haven't attempted any play in prose.
2. I can't think of any Chinese work that really influenced me at the composition (except, perhaps, that a Yüan drama 雜劇 usually is finished in four (4) acts). Of the Western writers you mention I have read Lorca, Camus, Beckett quite extensively as I have Eliot, O'Neill, Shaw (all in the area of drama), but I'm not sure if any of them influenced me — Lorca, probably a little, and Beckett? and Brecht? The man who really has a tremendous impact on me is Shakespeare, and in this case, *The Tempest*.
3. I read some reviews of the play some years ago but failed to collect them. So I'm sorry that I cannot make any suggestions at this point. However, I hope you and your student do know that this play has been translated into English; see *Twentieth Century Chinese Drama: An Anthology*, ed. by E. M. Gunn (Bloomington: Indiana University Press, 1983), 475-513.

As for the question about the sonnet form I must admit that of course I take it extremely seriously. I have tried the form for a long time, including the idea of a sequence and that of an individual composition restricted by itsself. This is an interesting project you have, and I wish you all the best luck to carry it out. For me, the great enthusiasm probably rose many years ago when, as a graduate student, I read much of Renaissance poetry and also is constantly existent because I believe in the compatibility of form and content. I do hope very much that sometime, with more leisure around, we may be able to go a bit further into all these great issues.

With best wishes,

C. H. Wang

楊牧

黃麗明（學者） 五封

一九九九・七・七

July 7, 1999

Dear Lisa:

Thank you, again, for sending the additional summary of errata. The information is extremely useful. But only “page 1” arrived yesterday — I believe there are more; if so, please check and send the following pages.

As I said, the first group of your findings (in the form of the page-proofs) are very helpful to me, now deeply engaged in re-reading the translation by way of proof reading the MS. I’m glad that you enjoy the comic pictures of the play in Chinese. One of the reasons that I choose to translate Shakespeare is for an elaborate opportunity to use vulgal, “dirty” expressions, which I normally avoid in my own writing and which are plenty in the Bard’s work.

Best wishes,

CHW

二〇〇九・八・十五

Seattle

August 15, 2009

Dear Lisa,

I was very pleased to receive your new book, *Rays of the Searching Sun: The Transcultural Poetics of Yang Mu*, yesterday at noon. This is the most inspired moment for which we waited consciously through the last 10 years, or more, to illuminate not only a lasting affection for poetry but also the relentless commitment, on your part, to the pursuit of high scholarship. I am doubly proud, as you can imagine, holding such a brand-new, original monograph in the field of Comparative Literature especially pointing towards the interpretation of my work.

By now I am on page 65 and soon will be proceeding into Chapter 2. It seems I am both anxious to rush through the text so that I may find out all you have put down in it and still a bit hesitant lest I should miss the essentials in the various parts. The structure of the book is remarkable, I think, the prose, even when it is replete with academic resources and strategies, is brilliant and a pleasure to read, and the exposition of the target materials is effective and clear where even the arguments about or derived from critical theories are of great interest to me.

We are leaving for Taipei on September 13, where I shall

begin teaching a seminar to some graduate students right away, as the fall semester starts, on "poetry lyrical and narration" (something entangled in such a fashion). I realized yesterday as I was reading your book that I most likely would be able to refer to some intelligent detailings in this regard found there to substantiate the first classes.

With best wishes,

Affectionately,
C. H. Wang

二〇一〇・八・十九

August 19, 2010

Dear Lisa,

Summer is drawing to the end finally when even the sunshine is getting chilly and Seattle has returned to a prospect of autumn with enough fallen leaves scattered on the ground. We are prepared to go back to Taipei on September 10.

When I look around and reflect on what I did in the last half of a year, I do think that I have not done much as I usually expected myself to accomplish during this same period of time in Seattle. I spent most of the spring proof-reading the pages of the *Yang Mu shin-chi III* and getting it ready for publication next month. As to the writing projects, a small number of poems themselves came in my way and took their shape, but I deliberately skipped the impulse for prose work, hoping to launch once again later in a renewed fashion.

You may be surprised, but I did read your book again lately, and enjoyed your insightful comments all over the different chapters. I must say that, eventually, I have become exceedingly conscious of a "transcultural poetics" too this time, as though it was never existent before and this is a truly delightful experience.

Meanwhile, I have an impression that, from my first reading of your book last year, you made a reference in passing to one of my 1987 poems, “悼某人,” and assumed its subject to be a public figure of Taiwan; do you remember where it occurs? I’m curious, but I can’t locate it through checking over the index. The original poem is collected in 完整的寓言, p. 106.

With all best wishes.

Affectionately,

Yang Mu

August 19, 2010

Dear Lisa,

Summer is drawing to the end finally when even the sunshine is getting chilly and Seattle has returned to a prospect of autumn with enough fallen leaves scattered on the ground. We are prepared to go back to Taipei on September 10.

When I look around and reflect on what I did in the last half of a year I do think that I have not done much as I usually expected myself to accomplish during this same period of time in Seattle. I spent most of the spring proof-reading the pages of the Yang Mu shih-chi III and getting it ready for publication next month. As to the writing projects, a small number of poems themselves came in my way and took their shape, but I deliberately skipped the impulse for prose work, hopping to launch once again later in a renewed fashion.

You may be surprised, but I

did read your book again lately and enjoyed your insightful comments all over the different chapters. I must say that, eventually, I have become exceedingly conscious of a "transcultural poetics" too this time as though it was never existent before and this is a truly delightful experience.

Meanwhile, I have an impression that, from my first reading of your book last year, you made a reference in passing to one of my 1987 poems, "悼某人," and assumed its subject to be a public figure of Taiwan; do you remember where it occurs? I'm curious, but I can't locate it through checking over the index. The original poem is collected in 完整的寓言, p. 106.

With all best wishes,

Affectionately,

Yang Mu

二〇一二・一・五

1.5.2012

Dear Lisa,

I was very happy to receive your delightful Christmas card, not just for the nice, warm words you wrote along the printed text the season inspired but also because I was deeply touched by the image of the rowanberries that decorates the card. Yes, they remind me of the bygone years where outside of my study room in Seattle, when Bruce was just beginning to learn to walk, there was a rowan stretching vigorously with its massive foliage and red berries through the year until it snowed when the tree was stripped of all of them.

Thank you for sending us the beautiful card and bringing such nice memories back to me.

Yesterday Göran Malmqvist wrote me an email (see attachment) and forwarded a question you have concerning the translation of *The Completion of a Poem*. He evidently likes your work and praises you as a "purist", like himself, in the art or craft (he prefers the latter word) of translation. I am glad that you have done six chapters already, and I do hope you will carry it on throughout the little book. As to the style of the translation, I certainly agree with you that, since my intention in the original upholds a casual, personal tone, I recommend that you keep it equivalent and comparable. This, however, does not mean that I have any objection for you to annotate your English text whenever you think it is necessary in order for the English readers to understand it correctly. To be sure, I absolutely encourage you to translate my "letters" as they are by that generic name, in a casual, personal style (though I do think that, at times, I still wrote in a rather serious, professional fashion or manner--don't I?) but I would urge you to write as many notes as you deem fit for the whole finished MS. I will be very happy to do whatever I can to help provide the sources of the quotes, but the credit goes to the translator as a researcher-editor whereas I, the enthusiastic friend of the project, will remain anonymous in this aspect.

I do hope this will clarify some issues, which I believe are all minor and easy to identify, and make it more pleasant than before to continue on the project.

With all best wishes from Ying-ying, Bruce, and me, as always,

Yang Mu

二〇一三・九・十二

Sept. 12, 2013

Dear Lisa,

I ventured to suggest a couple of words for 侵曉作 for you to consider. If I remember correctly, I was trying in that poem to sustain a unique, unspecified tone throughout and, likewise, a structure of fairly independent vocabulary. I hope it makes sense to you. But, by all means assert an authority a translator certainly has and ignore me when you can't make a decision. I like your version very much too, for its seriousness and freedom.

Malmqvist's idea is right, I think, that "mosque" is the word you want to replace "church" in the Checheno poem.

For 論詩詩, I do think that the last two words "an hour" in Stanza 4, last line, can also be replaced by "a glimpse." How do you think?

Thank you for showing these translations to me. I enjoyed reading them as usual.

With best wishes, as ever

Yang Mu

上田哲二（學者）　一封

二〇〇七・十・卅一

October 31, 2007

Dear Tetsuji.

For the subtitle, I think, I should just try to make up one in English and ask you to render it in anyway you deem right into Japanese. Therefore, I do have one here, though vague and very vast indeed:

> "Reminiscences of the Mid-century Taiwan as Love and Poetry."

Let me know if you have any questions.
With best wishes,

C. H. Wang

p.s. Do you think the "mid-century Taiwan" or the "mid-century Hualien" will appeal more to the Japanese readership? It's up to you.

馬悅然（漢學家）　四封

二〇一三・九・十四

September 14, 2013

Dear Göran,

I was glad to hear that you had received my new collection of poems promptly. It appears that the time it took to mail a book to Sweden and deliver to your home was shorter than it has taken to send it to Hong Kong for Lisa.

But we decided to air-mail another copy for her anyway, following your urge.

Meanwhile, I also volunteered to call Lisa by phone last night. She sounded fine and healthy and Ying-ying and I are happy that she obviously is resolute about the translation project (*The Completion of a Poem*) and eager to finish the manuscript in a stylistically acceptable format. She is grateful, as I am too, that you are so kind to render all the suggestions in this regard. I'm sure she is going to bring the project to a successful conclusion without further delay.

Ying-ying and I are taking the train to Hualien tomorrow. There will be a seminar at Dong Hwa this year for me to teach, and I foresee it to be a pleasant experience as always. We expect to have a reunion with you and Wen-fen there in November. Best wishes from two of us to both of you.

Yang Mu

二〇一四・十二・廿四

Dear Göran,

I was very happy to hear from your email that Lisa's translation of "The Completion of a Poem" has been edited and is now ready for submitting to a publisher. At this moment I feel especially thankful for the fact that it indeed represents a culmination of many efforts among friends, and I hope it will find a publisher to produce it accordingly.

Columbia Press just informed Ying-ying that they were mailing the author's copies of *Ch'i-lai ch'ien-shu* to us any moment. They are apparently ahead of their schedule, but I welcomed the news wholeheartedly and I believe you are happy to know of the progress too.

Please convey our warmest regards to Wen-fen and tell her that I was much moved by her essay on Bergman's films based on your recent trips to Hualien.

With all best wishes for a Merry Christmas and Happy New Year to two of you from two of us.

Yang Mu
Dec. 24, 2014

二〇一六・二・十三

Feb. 13, 2016

Dear Göran,

I read your mail to William Tay and was greatly moved by your concerns about the project you co-ordinate to translate my work into European languages. The great debt I owe you is beyond speaking, but I hope you would construe this awkward silence of mine as an expression acceptable too, like what you describe existent between you and Karlgren.

Then I also discovered a complete text of your beautiful English translation of Espmark's "The Creation" attached to your blog. With much enthusiasm renewed through a self-examination of poetry and intellectual history at this time I read it once again at a sitting and found it overpowering in thought and imagery, capable of confronting European audience as it challenges an Eastern mind. It is wonderful to realize while Yen Chen-Ching's calligraphical handling can become a metaphor relevant to cultural creativity. Li Chü, nevertheless, contributes his personality and scholarship in order to clarify a vision he upholds for his age.

The new year's Festival is drawing to an end. Everything has been fine as usual until we were all shocked by the earthquake.

May God bless Taiwan.

With all best wishes to both of you.

Yang Mu

二〇一八・一・廿

January 20, 2018

Dear Göran:

It was wonderful to receive your recent email and realize that you had returned to your study-room. We are very happy that spring is drawing near, though slowly, for all of us.

Ying-Ying and I came to Seattle for a summer vacation last year, and unexpectedly I was caught and stricken by illness in the middle of our stay in the Pacific-Northwest. The misery lasted for quite long and I can only say it is now getting better, and I hope all will be turning best in the passage of time.

From Wen-feng's letter, we see how you interrupted, and then resumed to the important work through the year. We admire your spiritual and physical power, and I intend to use it as a model in the process rising courageously from illness to the brilliance of the sun.

The books you said you needed have been taken care and handled by mail to you in Stockholm. Tell us anytime when there is anything you'd want us to do without hesitation.

With best wishes from both of us to you and Wen-Feng, all the best.

Yang Mu

洪範書店

台北市廈門街113巷17-1號二樓 (台北郵局6-53號信箱)

HUNG-FAN BOOKSTORE, P.O.Box 6-53 Taipei, Taiwan, ROC Tel:(02)3657577 Fax:(02)3683001

Dear Göran,

It was wonderful to receive your rencent e-mail and realize that you had returned to your study-room. We are very happy that spring is drawing near, though slowly, for all of us.

Ying-Ying and I came to Seattle for a summer vacation last year, and unexpectedly I was caught and striken by illness in the middle of our stay in the Pacific-Northwest. The misery lasted for quite long and I can only say it is now getting better and I hope all will be turning best in the passage of time.

From Wen-fang's letter we see how you interrupted and then resumed the important work through the year. We admire your spiritual and physical power, and I intend to use it as a model in the process rising courageously from illness to the brilliance of the sun.

The books you said you needed have been taken care and handled by mail to you in Sweden. Tell us anytime when there is anything you'd want us to do without hesitation.

With best wishes from both of us to you and Wen-fang, all the best,

Yang Mu

Colin Bramwell（詩人） 一封

二〇一五・六・廿六

Date: Fri, 26 Jun 2015

Dear Colin,

Thank you for the revised translations you and Wenchi have prepared for RENDITIONS. They are solid and beautiful—I think you have captured most of the nuances I intend and re-created them in a successful manner.

At your request I have made some minor suggestions on the use of alternative words or phrases. I have also pointed out that, sometimes, the English version shows a rather drastic departure from the original in terms of external arrangement which I do care in the composition of the poem, whether an individual line is extended too long or kept inaptly short. I hope you will find my consideration makes sense.

Do let me know anytime if you have questions. With warmest regards,

Sincerely,

Yang Mu

P. S. My wife and I look forward to meeting you in November in Hualien. (By the way, we've just traveled past the Pacific and arrived in Seattle, where we will stay through the summer. This explains why I delayed a bit writing this mail.)

Daniel Bosch（編輯） 一封

二〇一五・六・廿六

Dear Daniel,

Since I received your last email my wife and I have traveled from Taipei across the Pacific to Seattle. We will spend the summer in this area until September.

It looks like our best way to carry out the interview is by a "Q and A" format as you kindly proposed last time. I'll be happy to respond to some simple questions you ask.

Though this arrangement may solve our problem caused by scheduling conflicts, I remain hopeful that we will be able to meet sometime soon.

With all good wishes,

Yang Mu

2015. 6/26

輯三

家書

十九封

一九九四・七・六

6-JUL-1994

Subj: Undeliverable mail: SMTP delivery failure

Dear Bruce,

I am now trying to send something of great importance to you, the fact that I am able to try to send you something important through e-mail.

This place has been all right in the last few days, quite hot, and humid, with much rain coming from the S. W. corner of the Indian Ocean carried swiftly by the monsoon. Our new apartment faces both the green hills dotted with some colorful little houses and, to the right side, the Clear Water Bay view toward the Saigon region. There are many trees below the ravine, where as you may remember there was a Vietnamese-style hut burned into ashes two years ago according to the requirement of a movie scenario; the dense foliage down there proves to be a great pleasure to watch. I think I enjoy this unit more than the old one we used to occupy.

How is your reading going these days? By the way, it sounds like a good idea to choose T. E. White's book as the second one to read to fulfill the school's summer project. I have not read the ONCE AND FUTURE KING, but I have studied White's prose style specifically and always like it very much. The basketball camp is on now, and I believe it is fun. Mom must be pretty busy with her business. I hope the roofers will start working up there and Wayne will do the painting soon. Give Max a good treat every day at three o'clock!

I leave for Taipei tomorrow afternoon.

Love,

Dad

一九九四・八・一

1-AUG
Subj: Re: testing

Dear Bruce,

I have just figured out the error I made last month trying to send you a letter by e-mail. The story is too long and I will refrain myself from telling you in detail on the screen. Instead, I have had the material printed in hard copy by the secretary and I will send it to you by the Royal Post. Please read it "in due course." You should be able to analyze my mistake to me in a scientific fashion next time when we come forward to the computer together.

The good news is that your "testing" message did arrive without delay. It is now in a file with 20 other pieces sent to me by various sources in my secret storage. I located your message first, with the assistance of our secretary, read it, and then used the "reply" notion on top of the system to place your (or, shall I say, my) address on the screen to reopen a new space for myself to use. In this way, I do not have to type your address every time I write you. I am trying to reduce the errors to the minimum, but, alas, there are still plenty of them in each project I undertake to complete. To make it easier for me you should, I suppose, reply to my mail as promptly as possible in order for me to get back to you by using the address carried on your part as I just described above.

I hope very much that we can make sure our correspondence through e-mail works with success. As I say, we will both check the machine frequently at the two ends and write to each other diligently.

My love to you and Mom, and Max.

Affectionately,

Dad

一九九四・八・廿六

Subj: Welcome Home
Date: Fri, 26 Aug 94 18:01 HKT

Dear Bruce,

Welcome home!

I am writing this letter to welcome you home from the Music Camp a couple of days before you will be actually back from the Peninsula. I do this because I am scheduled to fly to Taipei tomorrow myself and, of course, I won't have a computer there, in addition to the fact that I may be very busy. In Taiwan the first project I am going to engage myself in is one that requires me to climb a mountain. Some friends, including Yang Tse shu-shu, have decided to spend two days in a very remote spot high in the mountains in central Taiwan and, unfortunately, they invited me. In order to show to them my bravery and potential as a naturalist I have accepted the challenge already. We shall see!

Your Music Camp experience must have been an excellent one, except for the loss of your Discman to some unfaithful classmate. I am sorry that anyone who loves music so much as to participate in a summer camp especially devoted to it would steal an instrument like that in order to, presumably, listen to it. I will try to get a new one next time when I go downtown. The new one will still be yours to keep at the end of the year when I come home, but I certainly hope to be able to use it in the following months when I am in Hong Kong. It is very important to have music, I am all convinced, especially if you live alone in a strange place (which I think Clear Water Bay is one). By the way, Benny, the Filipino maid who has worked for Jonathan and his mother since the summer of last year, will move into my apartment to live in the maid's quarter and work for me through the rest of the year. It is good that someone will serve me regularly like that, though I worry a bit, too, for the possible reduction of privacy.

I calculate that you have about a week or so of summer vacation before school starts. If I am not mistaken, you have yet to finish that required book, ORDINARY PEOPLE. Read it carefully and, if you think it is necessary, take some notes as a preparation for the test on it. I remember you told me that there would be a test on that particular book. Believe it or not, I am quite excited about the fact that you are going to be a high school student!

Love to Mom, and Max,

As ever,
Dad

一九九四・九・八

Subj: Orientation Camp
Date: Thu, 8 Sep 94 16:57 HKT

Dear Bruce,

If I remember correctly, and calculate the time difference right, you are going to leave for the Peninsula again today. This time it is for the University Prep's orientation program. I believe it is a very meaningful, and quite exciting, activity, and I hope you will be able to make some new friends there.

I spent my birthday receiving all kinds of cards from the students. Benny bought much food and made a good dinner for me. Tay shu-shu came to see me at night, after he had done teaching, and we enjoyed talking about news among friends here and abroad. I was especially delighted to get the big envelope sent by you and Mom. The two cards were the most beautiful, though I felt a bit sorry for Max because he would not be allowed to eat a lot. Yes, I agree that he has to assume a responsibility to keep himself neat and strong. Poor thing! The CD looks interesting, too; I have not bought a new player yet, but I am sure I will get one presently. It is not very easy for me to make up my mind to go downtown. That is the only problem I have nowadays.

School started a couple of days ago. I teach a seminar for three hours every Wednesday in the afternoon. That is to say, my “weekend,” so to speak, usually lasts for six days — long weekend indeed!

Please tell Mom that Mrs. Chou, who visited you at the end of August together with her husband and daughter, a graduate of Harvard, did call me yesterday. She has asked a mutual friend of ours to deliver the vitamins to me. I will take them according to the instructions and see if I get strong.

It is interesting to realize that Mr. Cribley is determined to remove that evergreen in the front yard. He has talked about the project for some time already, so I am especially eager to see how he carries out the plan before summer ends.

With love to you, and Mom and Max,

Affectionately,

Dad

一九九四・九・八

8-SEP
Subj: Reconfirmation

Dear Bruce,

I failed in sending the last letter to you by myself, and the reason was presumably that the University System for e-mail services was "down." Dr. Lin, again, helped me to redirect the letter through another system. I believe you have received it.

Have a wonderful trip to the Camp!

Love,
Dad

一九九四・九・廿二

Subj: after moon festival
22-SEP

Dear Bruce,

We had a holiday yesterday because it was the day following the moon festival. I came to my office late in the afternoon to write a letter to you, hoping to transmit it quickly through e-mail. After all the effort I put in the project, which turned out to be a long, 1-page (single-spaced) letter, I realized that all was just impossible because there appeared on the screen to be a big problem in the computer which I could not solve. The office building was deserted, as it was a holiday, and there was nobody available to render me any help. I had to leave, then, so there was nothing else I could do but turning off the power and letting the message vanish into the void.

Your new start of the school sounds just fine. I am very glad that you evidently have enjoyed the arrangement agreed upon between you and your music teacher to practice regularly at home your violin and thereby get adequate credits for the school curriculum. There is a certain concept of "self-discipline" involved in the program, it seems to be, and I believe by committing to it faithfully you show great confidence in yourself and a strength to progress independently. This is an excellent sign. I am excited, too, about your rowing activity on the lake twice a week. In addition to it, I do hope you will keep playing a lot of basketball, especially with a team, either at school or in the church.

I have told you earlier that the assignment you received in the Symphony is something I feel very proud of and I hope you have a wonderful year ahead with the group. The conductors who listened to you in the audition must have thought of the need to keep a few superlative ones in the violin section with the Junior Symphony in order for the rest of the members to have a leading voice. I am sure you are going to provide leadership to not only the violinists but also all others in different instruments. I cannot wait to have an opportunity right away to go to your concert. Is there any interesting happenings in the winter? By the way, talking of music, please tell Mom that I have finally bought a new CD player and now I have classical music in the apartment all right. The player is a Discman, brand named Kenwood. It sounds fine together with my small pair of the so-called Weston speakers. Your CD for my birthday present is the most beautiful. In return, I will let you keep the Discman at the end of the year when I come home.

Tell Mom, and Max too, that I have built up a fine habit to walk much more than before every day, and walk UPWARD. This must have something to do with my successful experience climbing that mountain last month in Taiwan. I hope to be able to climb another mountain (near the city of Taipei) in October if my friends can organize a group to do it together with me. This gives you the idea that all is fine at this end, and I sure look forward to hearing from you soon.

With love to you, and to Mom and Max,

As ever,
Bpha

P. S. I think "Bpha" sounds closest to the way you call me when we talk. "Dad" is fine except it is not very natural or real because that is not actually the way you call me. How do you think?

一九九四·九·廿九

29-SEP
Subj: Autumn

Dear Bruce,

It was very nice to talk to you and Mom yesterday over the phone. I wanted to take a nap the moment when you called, but in fact, I was not even in bed yet. The weather has changed quite drastically in recent weeks. Autumn is here over the South China Sea. Curiously, however, I still have to turn on the air conditioner when I enter the bedroom. I suppose I need a kind of crispy, dry air around when I sleep.

I was delighted to hear that you were making excellent progress at school. It is certainly an indication that you have not only been aware of the necessity to be superior but also acquired a general method, so to speak, by which you compete to be the foremost among the fine young men and women in your class. I do hope that you will keep the fine records and work hard enough to carry on your program with impressive momentum, to be consistently distinguished in scholarship, in addition to sport, music, and a willingness to help others; I hope so, and I am sure I have all the reasons to be optimistic that you will be most successful.

For a conference in Taipei I have just made up my mind to travel again to Taiwan next week. I will be out of town, that is to say, 6-10 October. Because the sojourn is to be quite short, I probably won't be able to go home to Hualien, nor will I be allowed to do any mountain climbing (or something like that). I am coming back to Hong Kong on 10 October mainly for a dinner party, which is a reunion for some best friends including Tay Shu-shu, Leo Shu-shu, Tai T'ien Shu-shu, and Chou Shu-shu, who will perform the role as the host this time. We have contributed in one way or another toward the making of a special academic program at the University and toward the community at large, I believe, and we need to have an opportunity to reflect on what we have done and, in addition, what we can do in the future.

To make it definite and clear for you, I leave Hong Kong for San Francisco on 19 October. I go to Portland for a meeting, and then I should be home on 22 October.

With love to you, and, as ever, to Mom and Max,

Always,

Dad

一九九四・九・卅

30-SEP
Subj:

Dear Bruce,

I sent you a letter through the specific device yesterday, and I believe you have read it by now. Ch'u-ko po-po came from Taipei last night, on his way to Shanghai. He will be staying with me for a few days. We enjoyed talking with each other and occasional debates on serious subjects, such as different interpretations of ancient phrases concerning art and poetry. The University Library is planning a show of his work in January next year, which I don't believe I will witness. Speaking of next year, I ran into Woo yesterday in the lift, right after I sent you the letter and when I was on my way home, at almost seven o'clock. We were both surprised to see each other, I guess, because it was pretty late for either one of us to leave the office building. We walked down toward the faculty residence area and talked about the fact that it had been three years indeed since the University celebrated its grand opening. We stood at Tower II for long reminiscing about friends and (his) non-friends. He repeated the invitation for me to return here next year, and I said that I would rather not consider the option anymore. Then, suddenly, he came up with the fancy idea that I might consider to join this faculty again four years from now, "when Bruce will be in college by then," he said. I replied by saying "We shall see..." and with the note we said goodnight to each other.

Regarding your plan to tour the British Isles, I actually support the idea and I urge you to find out more information so that Mom and I can discuss it a little bit more and make a decision for you. The tour can be very educational especially in terms of finding historical sites and trying to link them with your textbook. Tell me a bit more about it.

It is all dark now, and once again I must arise and leave my office. Ch'u-ko po-po went to an exhibition at the Chinese University at noon. I am expecting him to come back any moment so that I can go with him to a dinner party given by the library director. It is possible that he will come back very very late and just ruin the party completely. Who knows?

Love to all of you,

As always,
Dad

P.S. Please tell Mom that I have wired some funds from Hang Sen Bank to our account at the Wedgwood branch of the Seafirst Bank. I did it today at three o'clock.

一九九四・十・十七

17-OCT
Subj: "that"

Dear Bruce,

I have noticed in your recent correspondence a minor problem in English expressions. After the word "think," one sometimes writes "that" and sometimes doesn't; you seem to write "I think that..." uniformly without any exception. Some examples from your letter dated 14 October:

1. I think that I have had more work this year than any other year at University Prep.
2. I do not think that I am struggling in any class right now.
3. I think that my schedule is perfect.
4. I hope that I can continue to be at that position. I think that I can.
5. I think that he can lose some more weight.

The word "that" following "think" in (1) and (2) are correctly used at that position. However, the word "that" in the rest of the examples (3,4,5) following "think" is not necessary.

Do you understand what I am saying? Can you tell the difference?

As ever,

Dad

一九九四・十一・七

7-NOV
Subj: Yeats

Dear Bruce,

I received your message about the fund transfer, but because it contained no other information whatsoever, I didn't make an instant reply. It was pretty difficult this time for me to recover from jet lag; it took me two days, during which time I was literally "dizzy." The bad scheduling of the airlines, I think, rather than the flight itself, was the cause. It looks like a good idea, therefore, that Mom will be taking Northwest this direction when she flies. We will still stick with Eva leaving Taipei on 20 December as the time it leaves is good and the time it arrives in Seattle, at mid-day (if I am not mistaken), is quite acceptable.

You must have got a report card by now. I wonder how it looks like, and of course I am rather anxious to know. My impression is that, up to the present, you have put in much effort in your schoolwork; I am sure it will show.

Now that the crew activity is over I believe you have found some other sport to get yourself engaged in. The Monday evening basketball is very fine, but it is probably not sufficient for someone as energetic as you are. What sport do you have regularly at school? Do you play ball, too? Or is there anything special, anything "strange" I have not even heard of that you can do with your friends? I have noticed that, since early last summer, you have grown most impressively and you are certainly going to develop a perfect body along with an excellent mind. I am very proud of you in all aspects.

My life here is quiet and peaceful, accentuated by greetings from kind friends and very nice students. As usual, I do not venture out of the campus too often, though occasionally I may want to take a stroll somewhere in Causeway Bay and buy a few small things. I take up regular work daily and carry it out seriously, always bringing the work of the day to a conclusion. Recently, as you probably know, I am committed to translating the poetry of W. B. Yeats, when I am not writing my own work. I expect to make a bilingual edition of a "collected poems" of Yeats, in English and Chinese, within a year, and I will publish it in Taipei.

The November air in Clear Water Bay is fresh and extremely delightful. I have stopped using the air conditioner and let the windows open most of the time during the day. At night I turn on the fan and go to sleep. Except for the fact that I miss you and Mom there is nothing seriously wrong the way I lead my life as a senior professor in this remote place doing much work I really enjoy.

With love, as ever,

Dad

一九九四・十一・廿二

22-NOV
Subj: Music

Dear Bruce,

It was delightful to read your latest letter, which was beautifully written with a certain "style," I shall say, that bespeaks your excellent sense about good prose and how one works hard to obtain it. Now I have certainly realized the meaning of an "A" grade you got for English this past semester. Congratulations!

Your performance in academic work has been mostly satisfactory, I think, though I do hope you can try to upgrade your French, Science, and especially Math. My judgment is, if I am not too gravely mistaken, you actually belong to the straight A category for all of them. For one reason or another you didn't make it there, and I encourage you to think a bit more about them. I have all the confidence that you will improve tremendously next semester when you put effort on them. Your first target is Math, which is an "easy" one, followed by French and Science. The time when you erase those minuses and the lower symbols, such as B+'s, you will have a feeling of great accomplishment. I know you can do it.

Have you found a violin which you really think you like yet? This one, when you have decided, maybe going to be with you for quite a few years. I think you should examine many more before you settle on one. I am glad Jim is enthusiastic on this matter. He must be very knowledgeable about all these. Talking about violin, I am quite anxious now that your December concert is approaching. Please let me know of the seating arrangement Friday when everything gets clear. I am anxious, of course, but I am by no means nervous. Music is such a soothing thing. It polishes your emotion and elevates your spirit. There is nothing nervous in music.

I wonder what your plans for Thanksgiving this time. (Mom told me on the phone yesterday of an invitation from someone, but I don't remember anymore.) If she doesn't eat that kind of bird, then Thanksgiving dinner must be a bore.

Looking forward to hearing from you soon (and not later than Friday evening after your Seattle Center activities).

With love,

Dad

Greetings to Mom and Max.

一九九四・十二・十

10-DEC
Subj: Busy, Damp December

Dear Bruce,

I wanted to write you a letter much earlier, but things suddenly became quite complicated and pressing once I entered the final phase of my tenure at this University, since the turn of December, and I have been very busy. Meanwhile, Mom arrived on the seventh and has also got involved in the packing and dinner partying activities. She has proved to be of great help; she seems to be able to handle things, pleasant as well as unpleasant ones, with high skill and tremendous patience, which I certainly lack. Everything looks fine at this point, and we expect to draw our association with this community to a conclusion and to do it all with grace and style.

Your concert was a great success, so I heard. Congratulations again! Your music day performance at school, I understand, also won praise and admiration. These good pieces of news made me proud and happy. Mom mentioned again the violin you like, and she told me in detail about how you came to like it specifically. It is a very reasonable thing that you are able to make a decision on the right choice. I will support your idea if it is the best idea.

It is past five o'clock in the afternoon now. I am alone in my office, facing a terribly foggy, damp scene outside my window, very unusual for December as I gather from the experiences in the last two years. Mom went downtown before noon to have lunch with Chou Ah-yi. I will have to leave for Tsim Sa Tsui pretty soon in order to join her and other friends for dinner at a French restaurant.

Love,

Dad

一九九六・九・五

5 September, 1996

Dear Bruce,

I suppose this letter, along with another envelope in which I send you some pictures, will reach you at the end of the first week of your new Lakeside year and find you (and Mom) well and happy. It must have been great to go back to school, especially to the Junior class when everything promises to be exciting and doubly challenging.

My work here is most exciting and challenging too. There are many decisions to make; and I've just realized that often do I play a role of the arbiter, perhaps because of the greyness of my hair. It would be pretentious if I said I didn't like the job. Indeed, I think I enjoy what I'm doing tremendously - to be able to make a new university in a place surrounded elegantly by some of the most beautiful, spirited mountains in the world, my own hometown, is an exceptional opportunity. The people I associate with are rather nice and, in general, quite different from the Hong Kong group I encountered that year.

My computer will be ready to use in a couple of days. It is my hope that we resume our communication by e-mail, provided your monitor is restored in time. I always think it is important to build up an interest in writing, or "grammatology", to trust the graphic words as the vehicle to reach each other. I wonder if you may be willing to experience the joy of manipulating the logos, to share the kind of joy with me. I'll let you know how to find me through e-mail in a few days.

Love to you and Mom, and Max,
Dad

p.s. The pictures were all taken in my college only.

5 September, 1996

Dear Bruce,

I suppose this letter, along with another envelope in which I ~~will~~ send you some pictures, will reach you at the end of the first week of your new Lakeside year and find you (and Mom) well and happy. It must have been great to go back to school, especially to the Junior class when everything promises to be exciting and doubly challenging.

My work here is most exciting and challenging too. There are many decisions to make; and I've just realized that often do I play a role of the arbiter, perhaps because of the greyness of my hair. It would be pretentious if I said I didn't like the job. Indeed, I think I enjoy what I'm doing tremendously — to be able to make a new university in a place ~~around~~ surrounded elegantly by some of the most beautiful, spirited mountains in the world, my own hometown, is an exceptional opportunity. The people I associate with are rather nice and, in general, quite different from the Hong Kong group I encountered that year.

My computer will be ready to use in a couple of days. It is my hope that we resume our communication by e-mail, provided your monitor is restored in time. I always think it is important to build up an interest in writing, or "grammatology", to trust the graphic words as the vehicle to reach each other. I wonder if you may be willing to experience the joy of manipulating the logos, to share the kind of joy with me. I'll let you know how to find me through the e-mail in a few days.

Love to you and Mom, and Max,

Dad

P.S. The pictures were all taken in my College only.

一九九六・九・十八

18 September 1996

Dear Bruce,

I read in a Taipei newspaper that a regatta took place (probably the first time in Taiwan history) on 14 September, in Yi-Lan, which is app. 100 miles north of Hualien. A colored picture shows its seriousness. Below the picture is the story that, among other things, lists the universities around the world which sent their teams: Oxford, Cambridge, Harvard, Yale, two from Australia, two from Japan, and two from Taipei. An ensuing story reports that Oxford was ranked number one, followed by Cambridge; and Tai-Ta (where you went to kindergarten in 1983-84) trailed everyone at the very end.

One day, I hope, Dong Hwa will have a crew and by then you may be able to serve them as coach. Why not?

Love,

Dad

18 September 1996

Dear Bruce,

I read in a Taipei newspaper that a regatta took place (probably the first time in Taiwan history) on 14 September, in Yi-lan, which is app. 100 miles north of Hualien. A colored picture shows its seriousness. Below the picture is the story that, among other things, lists the universities around the world which sent their teams: Oxford, Cambridge, Harvard, Yale, two from Australia, two from Japan, and two from Taipei. An ensuing story reports that Oxford was ranked number one, followed by Cambridge; and Tai-Ta (where you went to kindergarten in 1983–84) trailed everyone at the very end.

One day, I hope, Dong Hwa will have a crew and by then you may be able to serve them as coach. Why not?

Love,

Dad

一九九六・九・廿四

Subject: New Students
Date: Tue, 24 Sep 1996 17:44:36 +0800

Dear Bruce,

New students arrived on the campus yesterday. The campus itself, of course, is entirely new as well. We had many events designed especially for the young men and women, and I was very happy to participate in some of them. When the evening came we separated the students into groups, according to the designated departments they belong to, and entertained them with food and drinks followed by instructions as to the meaning of a "university" et cetera. They looked both excited and a bit puzzled, as to be expected. I am sure they will feel all right soon in the very near future.

My work at Dong Hwa has been fine and extremely rewarding, I must say. It is, needless to say, a challenging, busy work. There are numerous meetings to attend, endless people to meet with, and many important decisions to make. I realized sometime ago, perhaps two weeks before today, that things had been pressing me into a situation in which it was very difficult for me to find time to do my own writing and I could not help feeling somewhat distressed. That feeling, however, did not last very long. I have since then persuaded myself that as the work bears weighty meaning I should by all means try to accommodate it, if only for the time being; I know that I will not stay on the job as an administrator forever. With the determination so affirmed, I regained much confidence. Indeed, I have since then resumed my work in writing and particularly on the Yeats project. There will be no change in the scheduling for the publication of the Yeats book. It will come out very early in 1997.

The junior year must be very interesting, and tough, to you young people at Lakeside. I was glad each time when you told me that you enjoyed school and were developing new curiosities in a diversity of academic subjects. I am sure you are doing superlative work in all of them, plus the violin and rowing. It is certainly a mighty lot of work, to you, and probably even a kind of "responsibility," as I see it, because, in addition to all that, you take care of Mom and Max. Having been away for just a month I know I rely very much on you as the major provider of strength of the family, or at least as the sharer with me and Mom of the essence of whatever we have in the family.

I have booked a ticket to come back for a little more than a week at the end of October. Before then I do hope we will communicate by phone and, as what I am endeavoring to do presently, by e-mail.

Looking forward to hearing from you soon, and with love to you, and to Mom and Max,

Dad

Dear Bruce,

There was so much rain last weekend on the eastern side of Taiwan that quite a portion of Hualien was flooded. Fortunately, Grandpa's place was spared of the disaster. The University campus, being higher than most of the communities in the region, was all right, though water did get into my house in some corners. The weatherman reported that it was the heaviest deluge ever occurred in Hualien, all caused by the rain, the most immense pouring in the last 40 years.

We are celebrating the second anniversary of the founding of Dong Hwa — a brand-new University indeed. Many interesting events will take place on campus, including a demonstration of art (landscape painting and calligraphy) by Ch'u Ko po-po, who is coming from Taipei tomorrow expressly for the occasion, and a public lecture to be delivered by Dr. Li, the Berkely Nobelist in chemistry now back in Taiwan to work and the namesake of the cultural foundation by which I was given a significant award. Two typhoons have lingered around over the Pacific, very unique indeed for November, as though they were ready to participate in some activities with us, by providing more rain perhaps.

I am glad that you enjoy Physics, as well as other subjects. Your math teacher is right when he says he doesn't know what to suggest to you in order to "improve," because you are excellent, except that he would want you to keep the superior work in the right pace. I take it as an expression of general principles: Do your work according to his advice for Math and Physics while putting in a little bit of extra effort in the case of History and English (especially the last one). I remain of the opinion that *New York Times* can be very useful in one's attempt to escalate his reading and writing levels, among other suggested works you have at school.

I will conclude this letter here, and send it out immediately, and then I am going to drive for 20 minutes to town to see Grandpa.

With love to you, to Mom and Max.

As ever, Dad

二〇〇三・四・九

常名：

前幾天我開始寫一封信給你，但寫得很慢，後來不知道爲什麼，那些字也都消失了。現在想重新開始，希望很快可以寫成。如果我常寫，我的電腦網路技術應該會進步，只是不知道需要多久時間。無論如何，這樣練習一段時間必有好處，而且於你也是一個使用漢字熟習漢字的機會。

你在華大已經兩學期，關於研究所的一切大概多已經有些認識。我最大的希望是你能眞正喜歡你在做的，研究的學問，因爲只有如此學校的生活才有意義，也才有趣味。你當然知道，學業是很重要，現在這時候把根基打好，終生受用不盡。可是，同時，我還是最希望看到你以上研究所爲快樂，而不要以它爲負擔。至於將來等書念完了以後將選擇什麼行業，在學校或到工商界，我覺得都很好，雖然我自己一生都在學校教書，否則就像現在這樣在一個完全以學術研究爲目標的地方做相似的工作，我認爲應該一切順其自然，任何選擇皆有其道理，重要的是性情合適，必然就能發揮所長。

你除了經濟學之外又能夠有些別的興趣可忙，平常生活過得很充實，媽媽和我都很高興，很放心，也很為你感覺驕傲。功課之外又有音樂和壘球，的確非常理想，使我也覺得羨慕。法文進步之後，就可以閱讀歐洲最好的文學，會使你終生覺得享受。當然，我相信你還會想到中文的事，但中文我們都有信心，一定可以學得很好。這一方面由我負責。

這封信已經寫得長了，也寫得很久了，現在準備發出。

祝你

快樂

爸爸　二〇〇三·四·九

二〇〇三·五·七

常名：

這個週末你要到紐約看朋友，我覺得出門玩一玩，和朋友相處在一起，接觸些學校以外有意思的人和事，正好可以休息休息，當然是很好很值得的。我相信你一定會很高興可以有這樣一個假期。今年洋基隊一開始就好像很厲害的樣子，但西雅圖水手也並不弱。不過你大概沒有時間看球，而紐約對你們說來可以重遊的地方不少，即使不出遊，朋友們大家在一起講講話聊聊天，也是很高興的一件事。

這兩個星期以來台灣因爲傳染病的關係，大家都不是很開心，甚至可以說是人心惶惶的。現在我們還不能斷定問題哪一天會解決，但大家都很努力在工作，包括一些年輕和資深的醫生，還有很多從事生命科學研究的學者專家，都在想辦法找出病毒的原因，和怎樣對付它的辦法。台灣醫生有一個很好，很值得驕傲的專業傳統，一向都是認眞而受尊敬，而且也尊敬自己的；我想現在正是他們發揮榮譽心，責任感，和專業訓練所長的時候。我有一個朋友本來在美國行醫，十年前回到花蓮辦慈濟醫學院（我們是在花蓮才認識的），後來被政府徵召，到中央做官專管全台灣的醫護衛生，但不久還是覺得在學院教書做研究比較有意思，就又回到了慈濟。這一次因爲傳染病流行，他又來到台北幫政府做事，負責防疫和治療的工作，我想只要多一些肯負責的好醫生，大家合作防疫，台灣的傳染病問題不久就會解決了。

我們都還平安。媽媽每天忙著新房子，監督工人進行各種計畫，成績很不錯。現在這房子看起來比剛開始的時候又好了很多。她覺得很滿意的樣子。我一切尚可，自己的工作還算順利，也頗有成績。就是打字進步有限，應該加緊努力吧。

祝快樂。

爸爸　二〇〇三・五・七

二〇〇三・五・廿八

常名：

這幾天雨比較多，聽說是因爲有一個颱風要來的關係。通常颱風都是夏天的事，現在來就有點太早了。一般人並不太注意颱風的行蹤，也不去多談，大概都比較關心傳染病的問題吧，沒辦法想過多的事。至於傳染病SARS，這幾天好像稍微控制住了，一些醫生專家似乎都表示只要大家願意合作，不久問題應該可以一步一步解決，希望一個月之內讓病毒消滅。我們雖然沒有把握，但也覺得還是保持樂觀才對，否則又能怎麼樣呢？

我們的新家已經整理得差不多了，都是媽媽的功勞。她幾乎每天都在設計，採購，在和工人談話，講價。實在不簡單！現在新房子裡幾乎應該有的都有了，而她正在忙著後面陽台裝花架和另加一個鐵門的工作。不過，我其實也很贊成裝花架和加一道鐵門，目的是使小偷卻步，爲了安全。我們還沒有眞正決定哪一天搬過去，但我是希望不必太急，等到疫情比較穩定的時候才搬，從容些。新家的環境很好，從那裡走回到仁愛路也很近。這幾個星期走來走去，使我多了不少運動的機會，也是很好的。

你幫我寄來的開會通知和表格都收到了。原則上我會去參加，並且利用那個機會回西雅圖度假。不過這也是十月中的事了。知道你一切都好，學校功課和教書都很好，我覺得很放心，很高興。希望你們的壘球隊馬上也變得厲害起來。

祝一切順利。

爸爸　二〇〇三・五・廿八

二〇〇三・十二・九

小名：

很久沒有用這個電腦寫信，重新開始也很不容易，要慢慢來才想得起應該怎麼用，所以這封信可能要寫很久吧！

我們上次通信是五月底，還是傳染病在台灣流行的時候，後來就好了，大家也都不再去想這件事了，好像都忘了。可是同時我們又聽說還有一個新問題，就是叫做流行性感冒的傳染病（中國簡稱流感兩個字）。我上星期五到附近一個醫院去打了一針，因爲媽媽堅持這樣才安全。我平時很少感冒，是因爲常洗手的關係吧，可是聽說流感和普通感冒不一樣，所以還是防備一下比較放心。

台北最近相當冷，幸好我們新家有暖氣設備，很方便，舒服。媽媽下個星期要到高棉去玩（高棉就是Cambodia），和寶雍阿姨她們一起去五天，目的是去參觀一個很特別的古蹟，叫吳哥窟。我在電影裡看過吳哥窟，相當神奇，但是還不至於使我想要親自坐飛機去看它。聽說高棉現在冬天裡還很熱，大概和墨西哥差不多。

這封這也寫得相當久了，因爲打字技術不夠好的關係。希望你收到後會給我回信，多用些中文字（漢字），可有些練習的機會，中文就不至於忘記了。

爸爸　二〇〇三・十二・九

版權所有　翻印必究

楊牧全集 26

別卷四

著　者：楊　牧
編　輯：楊牧全集編輯委員會
顧問　童子賢　夏盈盈
編委　奚　密　許又方　陳芳明　陳育虹
陳義芝　須文蔚　張　力　葉步榮
葉雲平　楊　照　楊　澤　鄭毓瑜
鄭樹森　謝旺霖（依筆劃順序）
出　版：洪範書店有限公司
臺北市廈門街一一三巷一七—一號二樓
電話　（〇二）二三六五七五七七
傳真　（〇二）二三六八三〇〇一
郵撥　〇一〇七四〇二—〇
E-mail　hung-fan@yahoo.com.tw
行政院新聞局局版臺業字第一四二五號
法律顧問：北辰著作權事務所
初　版：二〇二四年三月
別卷八冊定價五五〇〇元（不分售）
全集卅冊定價二一〇〇〇元
（缺頁破損裝訂錯誤請寄回調換）

ISBN　978-957-674-373-3

國家圖書館出版品預行編目 (CIP) 資料

楊牧全集. 23-30, 別卷 / 楊牧著. -- 初版. -- 臺
北市：洪範書店有限公司, 2024.03
冊；　公分
ISBN 978-957-674-373-3（全套：平裝）

863.4　　112020244